JN324200

いまここに在ることの恥

辺見 庸

角川文庫
16237

いまここに在ることの恥　目次

扉／画　西方　久
デザイン　高橋雅之

I

炎熱の広場にて——痛み、ないしただ見ることの汚辱

1

去りゆくすべてのことは、ときとともに色あせていく昏夢《こんむ》にすぎない。そしてまた、これから起きるであろうことは、昏夢のつづき、つなぎ目のはっきりしないまどろみのつらなり、果てしない残夢である。私の頭蓋《ずがい》のなかには乳色の靄《もや》がわいている。かつても、いまも、おそらく、これからも。ミスト・サウナのなかである、まるで。記憶は白濁した湿気の奥でいつもおぼろに揺曳《ようえい》している。かすんだり、ふやけたり、失《う》せたり、忽然《こつぜん》と姿をあらわしたりする。そのような不確かなものは人様に語るべきではない。けれども、乳色の記憶を靄

をこぐようにして想いだし、だれかがまんして聴いてくれる人に、だらだらと語ってみたくもある。記憶がひどく不確かだから、不確かであるがゆえに、かえってだれか気のおけない人に話したくなる。私はまどろみながら昏夢に見たものを語り、聴いた人もまたまどろみつつ、それをみずからの残夢として引きとるかもしれない。意味など問うべきではない。昏夢は昏夢。去りゆくすべてのことは、たまゆらのまどろみに見た幻夢である。だが、松ヤニのような口中の苦みは消えない。

2

広場があった。私は広場の外延に突っ立っていた。少し吐き気をもよおしていた。風はそよとも吹かなかった。パルメラヤシは空に描いたただの書き割りと変わるところがない。まるで微動だにしないのだから。大地はフライパンのように灼《や》けていた。植物が枯死《こし》するみたいに、次から次へと人が身まかっていった。悲嘆は、ないわけがなかった。しかし、悲嘆も慟哭《どうこく》も暑熱に涸《か》らされていた。赤ん坊がよく死んだ。死ぬ前からハエがたかりつき、熱病の赤ん坊の顔面で交尾したり眼窩《がんか》に産卵したりした。子も母も、泣き叫ぶより、狂った。あまりの熱《いき》れで風景はかすみ揺らめいて、そこにおびただしい人の群れがいるというより、すべては陽炎《かげろう》となり、海藻《かいそう》さながらに地の奥からゆらゆらと立ちのぼっているかに見える。私は吐き気をおさえて広場を眺めていた。広場のなかへの距離をつめようとはせず、外延から見ていた。ときたま、眼の前に白髪、裸足《はだし》の老婆が無言でぬっとたちあらわれて、びっくりするほど長い、茶色に錆《さ》びた針金のような腕をさしのべてくることがあった。なにかものを乞《こ》うていた。よく見ると、老婆と見えたのは少女であるらしかった。蓬髪《ほうはつ》はほこりだらけ、カンボジアのどこからかここまで歩いてくるうちに傷めたのであろう、腰をくの字に曲げていた。少女は広場の内側から外側に脚はまたがずに、手だけをのばしてきたのだ。円周内から外延への不規則なはたらきかけを私は想った。刹《せつ》那《な》、倫理の境界のようなラインを脳裏に白いチョークで線引きするようなことをしたのだが、白線はすぐに炎暑に融《と》けた。

3

広場には人のほかには鋼鉄のようなくちばしをした黒い鳥がいて、数十羽がひとつの影のようにつらなり、じっと身動きせずに次に死にそうな者を見つめている。だれかがうち斃《たお》れると鳥たちはもう辛抱できずにいっせいにざわざわと動きだす。斃れた者との距離をつめ、絶命しているかたしかめようとしている。しかし、飛ばない。鳴かない。いや、鳴いているのかもしれないが、声が聞こえてこない。あれはカラスなのだろうか。それとも私が体内の空洞にそれと知らず飼っている不吉な黒の幻にすぎないのだろうか。どちらにせよ、あまりの熱暑で鳥の音まで殺されかかっている。

4

ここでは音波が不自然に屈曲したり、こもったりして、すべては幻聴のようだ。けれども、幻聴のアントニムとは、さて、なんだったろうか。真音？　まさか。いったい世界のどこに行けば幻聴以外の音や発声が聞こえるというのだ。あそこに火炎樹の花が咲いている。あの大きな紅の花弁が、人々が寝静まったり死にたえた夜半に、ぼとりぼとりと落花する音。炎のように闇をころがして落下する音。ときにそれは耳をつんざく轟音《ごうおん》にも聞こえるのだけれども、私がそれを幻聴だときめつけたことが一度もないのは、だがしかし、なぜであろうか。

5

にしても、暑い。これも幻聴か、それとも鳥たちの悦《よろこ》びの声か、さっきから「クダウ」という発音を何度か耳にした気がする。クダウ、クダウ、クダウ、クダウ。地の底から聞こえてくるように、クダウ……。ああ、あれはクメール語ではないか。というより、音の多層な表象としての、クダウ。日本語の「アツイ」にはない死苦の音が、クダウにはしのびこんでいるようだ。いま、世界に言葉はそれ一語しかないとでもいうように、クダウ。暑い、ではなく、クダウ。たしかに、世界はクダウ以上でもクダウ以下でもなく、ただクダウだけである。そして、ときどき、「タック」という発音も私の耳は感じていた。この乾ききった、舌を弾《はじ》くような発音がどうして水を意味するのか、私にはさっぱりわからない。かりにタックが水であるにしても、それは哀しい滴《したた》り、しかも、たった一、二滴であるにすぎないのではないか。私はバンコクのホテルにもどり、思いきり冷たいシャワーを浴びたいと願う。だが、そのとき、私が心に描いた音の表象はタックではなく、「シュウェイ」であった。中国語の水。こちらのほうが、涼しげで水っぽく、ふんだんにわき、流れる。が、キャンプには万一あったとしてもタックしかなかった。タックはとてつもなく貧しく侘《わ》びしい。一方、シュウェイは金満家の寝息のような音である。どこか嫌味がある。

6

「ヴァイ・ポアン」という耳鳴りのような声もそこここで聞いた。三千、だ。すでにヴァイ・ポアンの人が死んだというのか。それとも、このキャンプではまだヴァイ・ポアンの衆生が生きているというのか。私はいちいち問いかえしたりしなかった。どちらにせよ大したちがいはないと思えてきたから。この空間＝キャンプでは、人も生も死も記憶も時間も声も樹々も、それらにまつわる影や物語や恥や怒りの所在も、ことごとく暑熱にとけていた。善や悪めいた気配も輪郭もどろどろと溶解してしまい、なにかを意味し示唆し啓示するものとそれらと異なる、なにも意味せず啓示しないものを境《さか》う、明らかな境界というものも、もはやうしなわれていた。つまり、そこにはなにかを意味し示唆し啓示するものなどなにもなかった、といえばいえたのだ。狂おしい熱波のただなかに、土くれとともに、病とともに、死とともに実在すること。ただ在ること。まさにただ在ること――それが意味や示唆や啓示を遠く置き去りにしていた。しかし、それはこのキャンプに特有のものであろうか。時代と状況が特殊に生んだ固有の奈落《ならく》であろうか。まさにただ在ること――それが意味や示唆や啓示を遠く置き去りにするのは、二〇〇六年現在とて同じではないのか。

7

人の生は、いかなる国家にあっても、むろんいかなる民主主義国家であれ、痛々しく剝《む》きだされるときがある。国家および国家幻想こそが人の生の皮をべりべりと剝《は》ぐのだ。

8

だがしかし、あの水銀色に豪勢に光りかがやく鏡面か湖面のようなもの、あれはなんだったか。目くるめく光彩。いまも記憶の暗晦《あんかい》を照らす、謎の光り。そうだ、逃げ水。ミラージュ、あるいは地鏡《じかがみ》であった。それだけは、すなわち、ないものだけは、じつに豊富にあった。くめどつきせぬ嘘の水。それはそこに近づこうとしないかぎりは、極上の記憶のようにそこここで優雅にきらめいていた。逃げ水はろくな遮蔽物《しゃへいぶつ》もない灼熱《しゃくねつ》の平原に、あるいはたまり、あるいは流れて、こともあろうに全景をうるわしく神秘的でもあるかのように装っていたのである。身まかる者たちは逃げ水を灼《や》けた躰《からだ》いっぱいに浴び、涼み、ごくごくと好きなだけあおって、喜悦のなかで狂い斃《たお》れる。逃げ水はまた、国家幻想によく似ている。

9

いうまでもなく、奈落は視圏のいずこにもあったのだが、およそ奈落でないところなどどこにもなかったので、かえって視界のいずれにもまるでいかなる問題も存在しないかのように思われたのだ。そのことの途方もない畏《おそ》れに気づくこともなく、私もまた立ちのぼる陽炎《かげろう》のように灼けた大地に揺れながら立ちつくしていたのだった。腐乱したドリアンかなにかのにおいにつつまれて、仄《ほの》かな屍臭《ししゅう》のようなそれが、私の外から漂ってくるものか私の躰の芯《しん》からじわじわ滲《にじ》みでてくるものか訝《いぶか》しみつつ、ただ突っ立っていた。横隔膜のあたりからずっと悪心がさるということがなかった。

10

右はもう四半世紀以上前の、タイ・カンボジア国境付近のずいぶんあやふやな記憶である。私の知るかぎり最悪の難民キャンプがそこにあった。内戦うちつづくカンボジアから着の身着のままで逃れてきた難民たちを受けいれるまともな施設は当初、皆無に等しかった。国際ヴォランティアというやりかたが定着する以前のことであり、難民たちは国際社会に扶《たす》けられるというより、焼けた鉄板のような平原にただ剝きだしで放たれているようにしか見えなかった。四半世紀以上前の「あそこ」と、いま私がいる日本という国の「ここ」を直接に較べることなどもちろんできはしない。そんなことはわかりきったことだ。だが、私はいまのここからあそこの過去を濛々《もうもう》と想いだし、異なった時と場とをつなぐ暗翳《あんえい》を思い、逃げ水のように不確かで不埒《ふらち》な、しかし、どうしても無視はできない、重大ななにものかを感じている。たとえばの話、もしもこういってしまったら、それはあまりに無茶だと誹《そし》られ嗤《わら》われてしまうのだろうか。ちょうど二〇〇六年のいま、いたるところ恥だらけなので、ほとんどすき間なく恥で覆われているために、恥ずべきことなどなにひとつ視《み》えなくなり、きらびやかな貝楼《かいろう》のなかに、ここが奈落ともつゆ知らずに、ただ呆《ほう》けてたたずんでいるのと、四半世紀以上前にあそこに立ちつくしていた状態とでは、じつはさほどにはちがわない——というとしたら。

11

しかし、近似するなにものもないではないか、と比較しようとするこの発想を追いやれば追いやるほど、あそこの経験はなぜか、ここのいまに迫り重なろうとする。いや、いいなおそう。あそこの風景こそがまぎれもない永遠の事実だったのであり、いまの風景なんぞ、そのなかの私の存在ごと、できの悪い虚構でしかないのではないか。逃げ水以下の。ともあれ、嘔気《はきけ》は、あれからいままでずっとつづいている。

12

脳裏にぐもり隠れた記憶を、さらにめくりかえさなければならない。灼ける広大な大地には、たしか、ひとすじの地割れのような、さして深くもない、しかしかなり長い人工の溝があった。難民たちが掘ったのであろうか、野外便所。それは、あえていうならば、なにかとなにかを境っていたのかもしれない。しかし、いま回顧するに、あれはなにとなにを境い、しきっていたというのだろうか。恥と無恥であろうか。尊厳と恥辱であろうか。いや、そんなはずはない。溝には女用と男用を区別するいかなる工夫も努力もなく、乾ききった土くれがただ剥きだした底には、性や歳の別なく排泄《はいせつ》された、病み腐れた臓腑《ぞうふ》のように黒い糞便《ふんべん》がたまり、まだ生きているのかすでにこときれているのか、性別、年齢ともに定かではない人らしき影が排泄物に顔を突っこむようにして伏し斃れていたりした。

13

それは私の記憶ちがいで、あの影は実際にはぼろきれか野犬の死骸《しがい》であったかもしれないのだが、そうした「ちがい」などどうせ大したことを意味しはしなかったのだ。あそこには要するに糞便なみの人外《じんがい》なモノに余儀なく化してしまった人々が実在しただけなのだから。人はよく野外便所またはその近くで死んだ。なぜかはわからない。

14

その溝にはいままさにサンポットをたくしあげ骨と皮だけの裸の尻《しり》をさらした、生きた女もいた。重く病んでいるのか、女は瑪瑙《めのう》色の眼をしていた。血をためたような両の眼をやや上向きにかっと見開いて排泄している。小脇にぼろにくるんだ人形のようなものをかかえていた。それを見る者の間から、あれはタイ人ガイドだったろうか、「赤ん坊だよ。三日前に死んだ……。離そうとしないらしい」という英語のささやき声が聞こえてきた。いかにも知ったかぶりの声。あれをメモして欧米の記者たちはこれまた知ったかぶりの「人道主義」的原稿をピューリッツァ賞でも夢みながら有頂天で打電し、どこか尊大で奇妙な達成感に酔いつつ、ホテルのジャグジーで汗を流し、そこによく冷えたビールを慇懃《いんぎん》にすぎるボーイに運ばせて、意味もなく勃起《ぼっき》した性器をさも得意気にさらしたままグラスを受けとったりするのだろう。人道主義的ジャーナリストを気どるあの連中ときたら、アジアでやる無意識の所作のあれこれにコロニアルで許しがたい無礼のあることにいまだに気づいていない。救いがたいことには、テロリストに万が一、爆砕されても気づきはしない。つまりは、「コロニアルな人道主義」あるいは「人道主義的コロニアリズム」の所在を知ろうとしないのだ。それらが、恥知らずの愉楽にすぎぬことに想到する思弁に決定的に欠ける。少なからぬ日本人もそうである。

15

溝のあの風景を、表現するに窮して、もしも「悲惨」とか「酸鼻」とか形容するとしたら、事実そうしたクリシェは数多くの報道で見うけられたのだが、ろくでもない嘘である。なんとならば、風景は悲惨や酸鼻をはるかに超えて、もはや報道用語では名状不可能な、たとえば泥犂《ないり》とでもいうべきある種、宗教的な極点にまでたっしていたのだ。だが、遠景としてその溝を眺めれば、そこにもうるわしき逃げ水が、あくまでもおごそかに照りはえていたはずである。あのひどい溝のあたりには、ひょっとしたら神々しい光芒《こうぼう》や光暈《こううん》さえあったかもしれない。あたかも奈落《ならく》の底の底にこそ法喜を感じるような狂気か渇仰《かつごう》……。人には、というより、私にはときにそうした心的反転ないし顚倒《てんとう》だってある。それがこれだ、と溝を見つめながら悩乱のすえに合点したことだ。

16

私はなんだか眠かった。横になりたかった。だが、このままここにいたら、さらに狂《たぶ》れてしまう、と私は全身汗まみれでおののいたのだった。すでに嗜眠《しみん》性の脳炎かなにかにかかっている気がした。気だるい意識の底で、溝は、私の躰《からだ》の内側に掘られた、とことわに消えることのない、おぞましい渠《みぞ》か刺青《いれずみ》のようにも思われた。見れば、黒い鳥たちはその溝の底にもざわざわと蝟集《いしゅう》していた。ああ、クダウ……と私は低くつぶやいた。

17

溝の向こうには、欧米記者らが「モルグ」と呼ぶ死体置き場があった。といっても、ごく粗末なテント小屋が二つ三つ立っていただけである。逃げ水の上をスケートでゆっくりと滑るようにして、そろいの灰色の衣服を着け大きなマスクをした若い女たちが無言でテント小屋に近づいていく。眼をこらすと、みな汗みずくで、いかにも怒ったような眼つきをしていた。担架でカンボジア難民の屍体《したい》を運んでいたのだ。女たち二人で一体ずつを。屍体はほぼ例外なく枯れ枝のようにやせほそっていたから運搬にそれ以上の人数は必要でなかった。彼女らの行動には日なたに放置され腐るにまかせるそれらを、日陰に移動したり消毒したりする以上の意味があるとも思えなかったが、屍《かばね》をせめても涼ませたいと本気で念じていたのかもしれない。祈る声も泣く声も聞こえてきはしなかった。私の立つ場所が屍臭《ししゅう》におそわれることもなかった。当然である。私は屍臭がとどかぬであろう一定の距離をおいて、息をつめて眺めていたのだから。

18

若い女たちはみな、白人のシスターであった。モルグには棺《ひつぎ》のような気のきいたものなどないらしく、シスターらがしずしずと屍体を運び入れるたびにテントが肥満した相撲とりの腹みたいに膨らんでいき、なにかの拍子にテントのすき間から棒のように硬直した屍の手足がにょきっとのぞくこともあった。どうやら屍体は土間にやむなく重ねられているようであった。しかし、テントのなかで手間どっている時間からみて、薪の集積のような、そんな簡単な作業とも思えない。つまり、彼女たちは腐乱したカンボジア人の屍体をまさか湯灌《ゆかん》まではしないまでも、手ずから抱きかかえたり、曲がったまま死後硬直した膝《ひざ》や肘《ひじ》をのばしてやったり、いっかな閉じない眼や口を閉じさせせようと試みているようでもあった。

19

私は腐れゆく屍体の屈曲した手脚をまっすぐにのばしてやったり、あおむいた胸に手を組ませてやったり、消毒薬を撒布《さんぷ》したりしているのであろう、薄暗いテント内の作業のことをひとしきり考えつづけた。ときおり外にでてくる彼女らに眼をやりながら、想念をめぐらせたのだ。いや、エンバーマーとか葬儀屋らの労働のようなことを想ったのではない。キリスト者の奉仕活動の意義云々《うんぬん》でも、もちろん、ない。炎天下、名も知れぬむくろを運んだり、その姿勢を正したり、暗がりでそれらを一体一体重ねたりの動作について思いをはせたのだ。そうしている者たちがどこの何者であれ、それらの人間動作には疑《うたぐ》りをさしはさむ余地のない生者としての「所作の基本性」があるのではないかと感じたのである。とりわけ、屍臭のとどかぬここから息をつめて彼女らと死者らのなりゆきをうかがっている私の動作との対比において、生者としての動作の基本性は明らかに光っていた。いまも思う。賢《さか》しげにメモをとったり撮影、録音したり評じたりするより、いまわしい円周内に入り、哀しく汚れた死者の肛《こう》門《もん》をわが手でぬぐってやったり、屈曲してしまった肘や膝をのばしてやること――ここに人間動作としての基本がある。キリスト者だろうが非キリスト者だろうが。

20

広場を去ってしばらくしてから私はあることを想いだした。学生時代、知人だった男女が裏磐梯《うらばんだい》で薬を飲み、心中をはかった。私は地元の警察や消防団員らとともに捜索にくわわり、中腹のお花畑にあおむいた男の屍体を発見した。女は雨中に目覚め、男を置いて麓《ふもと》におりたのだった。「友だちだったら、あんたも仏さんを運んでくれ」と消防団員にうながされ、私は男の両腕を腹部にそろえるようにしてロープで担架にくくりつけたり、足場のわるい藪《やぶ》を屍体といっしょに滑ったり転んだりしながらおいおい泣き泣き下山した。男の手足は石膏《せっこう》のように硬く冷たくぬるぬるしていた。担架が激しく揺れたりすると、骨だか関節だかが鈍くゴキリと鳴いた。そのこととシスターたちの行動はなにも関係がない。ただ、いまは思う。死者をおのが手で運ぶこと、開いた口を閉じてやったりすることは、風景の芯《しん》に近く、外延にはありえないという点で、必要な基本動作なのだ。外延で賢しげに評じることには、屍臭を免れるぶんだけ濃い恥のにおいが漂う。屍体運びを評じてはならない。屍体運びには押し黙って加わらなくてはならない。

21

広場のところどころにいた眼つきの鋭い黒衣の男たちは、いくぶんか余力がありそうであったが、屍体運びを手伝おうとしなかった。黙りこくって見つめているだけである。マグマのように激しい内面を押し殺しているようにも思われた。よく似ていて、クメール・ルージュ*とおぼしい彼らは、あの黒い鳥たちに黒衣の男たちはシスターらと宗旨がちがうわけだし、人を運ぶよりは人を殺すのが向いているように見えた。事実、彼らは何人かの難民を裏切り者や密告者として殺したといううわさがあった。主にのど首をかき切る方法で。しかし、このキャンプにあっては、彼らもまた、われわれ眉《まゆ》をひそめて「見る者」たちによって安全圏から「見られる者」にすぎなかった。キャンプはその意味でコロセウムに似ていた。コロセウムには内周と外周が、倫理の境界のように伏在し、内周内で発生するいかなることにも外周外に立つ者は責任を負わずにいることができた。だが、倫理における内周と外周なんてそもそも存在しないのだ。

主観主義的な幻想の外周はいくらでも外側に拡張できる質のものであり、同様に、内周を好き勝手に内側にせばめていくこともできる。私たちはこうして気まぐれに「見る者」ないしは法的（ロジカル）な「部外者」として、一般に羞《しゅう》恥心《ちしん》も自責の念ももつことなしにコロセウムの外周に立ちつづけることができるであろう。コロセウムとは古来そういうものだ。だが、問題は依然、現在である。あの広場が二〇〇六年に現存したとしたら（じつは形を変えて随所に存在するのだが）、視覚的にはなにが起きるのであろうか。おそらく、少なからぬヴォランティアたちが勇躍、広場の内周内にわけいるであろう。ここに国際社会における〝善〟の存在が顕示され、同時的に矛盾の実相が希釈され、アフガンやイラクの例を見るまでもなく、〝善〟は宙吊《ちゅうづ》りのまま、なにごとも決定しえずに褪色《たいしょく》していくかもしれない。しかして外周には、サッカー場のように派手な看板が立ちならぶのではないか。それらは、もっぱら外延に位置する「見る者」＝「部外者」に向けられるであろう。家電、生命保険、清涼飲料水、テレビ局、新聞社（例えば、「ジャーナリスト宣言！」）、はたまたエイズと貧困撲滅の看板。こうして、内周内の慟哭《どうこく》は隠されるか薄められるかするであろう。

クメール・ルージュ――フランス語で「赤いクメール人」の意味。カンボジア左翼の総称であるが、狭義にはポル＝ポト派を指す。立憲君主制を廃して政権を握ったカンボジア共産党は、無階級社会を目指すとして富裕層の私財を没収し、学校や病院、銀行などの社会制度も閉鎖して、集団で農業を営むよう人々を地方農村に強制移住させた。都市住民および富裕・知識階級をはじめとする多くの人々が虐殺され、革命権力内部でも際限のない粛清が行われた。

22

私は嘔吐《おうと》をこらえてずっと外延に立ちつづけていた。というわけで、テントのなかの屍臭《ししゅう》に満ちた薄暗がりをこの眼で見たわけではない。私はしかし、彼女たちの額の汗が、おそらくメープル・シロップのような甘い汗のしずくが、あおむいた褐色の屍体《したい》の眼窩《がんか》や半開きの口中の闇にポトリポトリとしたたる様を想像して、白状するならば、ひとり異様に興奮したのであった。その興奮は、シスターたちと屍《しかばね》たちのなんだかきわどい関係性を、一定の距離をへだてて眺めていた私の身内にわいたそれではあったのだが、よくよく考えてみれば、私が暗がりにあおむいた屍の身になり、彼女たちがしたたらせる甘露、かぐわしいタックを、腐った眼や口に受けることのたとえようもない昂揚《こうよう》でもあったようである。そのイメージのつつしみのなさには、しかし、いまもとくだんの反省はない。反省すべきでもない。問題は、そうした妄想から間をおかずつづいた私のある行為と彼女たちのうちの一人が発した不意の叫び声と喫驚《きっきょう》せざるをえない動作であった。

23

ところで、そのときモルグの方向を見ていたのは、けっしていいわけではなく、私ひとりではなかったはずだ。あざといけれども本質的に魯鈍《ろどん》でさもしいハゲコウのような何人かの西側記者団が、例によってサファリ・ルック姿でいた。タイ人や華僑《かきょう》の、こちらはハイエナのような商人もいた。彼らは難民らのなけなしの宝石や金歯をねらっている。うまくもないフランスパン一個をちらつかせて、ひきかえに、金歯を抜かせるという話を聞いたことがある。パンほしさから夜陰に乗じて死人の金歯をひっこ抜く難民もいたという。その話を聴いたとき、私はフランシスコ・デ・ゴヤのエッチング『歯を盗む』を想いだしたものだ。女がつま先立ちになり、絞首刑に処された男の口に右手を突っこんでいる。左手は屍臭を防ぐためか、ハンカチをにぎり、自分の顔にあてている。女は、じつは金歯をねらったのではないようだ。絞首刑に処された者の歯はご利益があるという迷信を信じての所業なのだそうだ。だが、私は広場の外延で十八世紀のエッチング『歯を盗む』を想ったのだ。二十世紀のそのキャンプでは、金品や金歯のない者は人間あつかいされないことを難民自身が知っていた。みながハゲコウかハゲタカかハイエナだったのだ。キャンプ周辺では瀕死《ひんし》の難民らを食い物にするそれらの者たちだけではなく、エアコンつきのリムジンでやってきた「スタディ・ツアー」の西側外交官夫人らも、眉間《みけん》にたてじわをこしらえ、タイ・シルクのハンカチで鼻を押さえつつ、内周内を立ち眺めていた。『歯を盗む』の時代とそんなにはちがわないと私は感じた。

24

さて、キャンプのなかの「見られる者たち」あるいは難民たち、屍体たち、屍を運ぶ者たちと、われわれ「見る者たち」すなわち宝石や金歯を商う者たち、報道や人道主義の名目で悲惨をつかの間あがなおうとする者たちの間には、なんらかの障壁、フェンス、有刺鉄線などがあったかなかったか——なぜだろう、私はそれをいまはっきりと覚えていない。それもそのはずである。障壁があろうがなかろうが、私（たち）にはそれを乗りこえる気などほとんどなかったであろうからだ。いいかえれば、「見られる者」たちと「見る者」たちの間には、実際に障壁があろうがなかろうが、障壁はあったのである。

25

ともあれ、あそこに立ち、モルグの闇のうごめきをうかがっていた私の顔はおそらく、あらぬ妄想のためにかなり上気していたであろう。少なくとも、気分はずいぶんうわずっていたようだ。で、そうした心もちのまま死体運びの彼女たちにカメラを向け、二、三回シャッターを切ったのだった。担架をもつシスターたちと屍体の、ビーフジャーキーみたいな脚がファインダーにぴたりと収まった瞬間である。いやに大きなシャッター音が響いた。よからぬ連想を断ち切るような音であった。シャッターを押した刹那《せつな》に、なぜだか「死有《しう》」という仏教の言葉が胸に浮かび、瞳《ひとみ》にちりりと焼けるような、ほんの幽《かす》かだが鋭い感覚が走った。死有。シウ。あれは、たんに瞳の焦げる音であったか。それとも自動シャッターの音であったか。いや、事実と異なり、それは事後しばらくたってから、記憶にひとこま無意識に挿入してしまった私製のフィクションだったかもしれない。だが、眼が焼ける感覚はいまも秘《ひそ》かにもちつづけている。

ああ、死有。

26

余談だが、彼女たちや屍体が実際に写っていたかどうかは、フィルムを未処理のまま棄ててしまったのでわからない。だから、眼や胸底に着床した記憶だけがたよりなのだ。くりかえす。私はシスターたちと屍にレンズを向け、シャッターを押した。たとえそれが鮮やかに写っていたにせよ、日本の新聞は死体写真を嫌うから、そのような映像はまったく必要でなかったにもかかわらず。

では、なにゆえ私は写真を撮ろうとしたのだろう。ほぼ四半世紀の間、そのことを私は折りにふれて考えてみた。照れかくし、とも思った。自慰行為を恥じて、あわててそれを他のことでまぎらかし、なかったことにしようとする少年のような。だが、それならば被写体が屍体と白人の女でなければならない理由はなかったはずである。あの灼熱《しゃくねつ》の大地にあっては、ランダムに撮影したとしても、まちがいなく新聞読者の一時的同情を呼んだであろうまるで紺青鬼《こんじょうき》や餓鬼のような難民たちの姿をとらえることはごく容易であったろうに。わからない。結局、わからないのだ。ただ、私はモルグの暗闇の夢想を写真撮影のときもまだ引きずっていたのかもしれない。ただし、それは自慰の名残としてではない。心底《しんてい》には、たぶん、死者と彼女たちとの絡みについて畏怖《いふ》に似たものがわきつつあったような気もする。

27

シャッターを切ったとき、女たちは思いもかけない反応を示した。まず、すぐさま死体を載せた担架をいったん静かに大地におろし、次いで女たちの一人がマスクを外して、あたかも拳銃《けんじゅう》でも向けるように私を指さしたのである。そして、その動作のまま、「ノー！」とひと声叫んだ。屍体《したい》も驚いて蘇生《そせい》しそうなほどの裂帛《れっぱく》の声、気迫であった。私は竦《すく》んだ。叫びはキャンプの全域に響きわたった。声にはありとある怒りと軽蔑《けいべつ》、憎しみと譴責《けんせき》の念がこもっていた。直接には、死者とそれをあつかう写真を撮ったことに対して彼女の怒りが向けられているように思われた。だが、それならば、私だけでなく他の「見る者」たちもまたシャッターを切った可能性があり、もっぱら私をのみ特定するような動作はおかしい。ひょっとしたら、シスターの人差し指は私のそばの別のだれかに向けられていたのかもしれない。私はさりげなくカメラを肩にかけなおし、私ではない他のだれかによる不徳義が彼女をしてかくも激しく怒らせたのだ、とみなに知らしめるような卑屈な動作で私の背後や両脇のハゲコウどもを見まわしてから、再び視線をシスターにもどすと、人差し指の先は依然一ミリの狂いもなくピンポイントで私の顔に向けられつづけていたのであった。女の真剣このうえない面差しがどこか三流女優のルース・ローマンに似ていてただ単純に美しく、私はなおのこと狼狽《ろうばい》した。なんだか間尺にあわない気がしたが、不思議なことに、図星という心もちもまったくないではなかった。濃い梅酢のような恥を覚えた。恥辱は私の躰《からだ》のすみずみまで広がっていった。乾いた口には拭《ぬぐ》っても拭いきれない松ヤニのような苦みを感じた。

28

あれ以来「ノー!」はじつに永く耳朶《じだ》にのこっている。口中の苦みも消えていない。「ノー!」のあとには具体的な指弾の言葉はつづかず、彼女たちはややあって、なにごともなかったかのように死者をテントのなかに運び入れたのである。いうまでもなく、私は外延にいた者どもからなんらの非難も譴責もされず、辱《はずかし》めを受けることもなかった。だから、あれは、じつのところ、幻聴だった気もする。が、幻聴だったかどうかなど、叫びの主がキリスト者かどうか同様に、どうでもよいことなのだ。〝外延の同輩〟らは同質の恥から逃れられないからこそ、内周からの抗議に同調しなかったのだが、私にとっては外延にあった私という実存の全否定にひとしいものであった。それは、私の身体の内奥から発せられた「ノー!」であったか、もしくは彼女の叫びにすかさず呼応した私の、私自身に対する「ノー！」であった。死者とそれを運ぶ者の写真を撮ったことそれ自体が罪ではなかったのだと思う。外延から、内周の闇にも毒にも染まることもなく、ただ見て撮って論じ書き妄想するだけの動作の尊大と無責任が、ある種の荒《すさ》んだ愉しみ、すなわち罪ならぬ罪として告発されたのだ。

29

今後は死者を眼にしたら、書くのでも撮るのでも評じるのでもなく、内周の闇に割りこみ、ひたすら黙して運ぶのでなければならない。私がさきに運ばれる身になるのかもしれないけれども、そうでなければ、斃《たお》れた他者を運ぶか拭うか抱くかして、沈黙の闇と臭気に同化するよう心がけよう。書くのではなく見るのではなく。語るのではなく。

30

テントは増えつづける屍体のためにどんどん膨らんでいった。モルグの外の、さっき棒《ステイック》のような屍体の脚がのぞいたあたりに、あれはなんという花だろう、クチナシによく似た清楚《せいそ》な白い花が咲いていた。たしか五弁ではなかったか。死花花《しかばな》のようでもあった。花片の細長いその花は、テントからはみでた屍体に押ししだかれていた。花はしかし、折れしだかれたためにかえってつよく芳香をはなっているように思われた。外延にあった私には屍臭《ししゅう》にせよ芳香にせよどのみちとどきはしなかったのだが……。陽の光は花が透けてしまうほどそこにだけつよくさしていた。私は呆然《ぼうぜん》と見とれた。そのことをいまでも忘れない。

口中の闇あるいは罪と恥辱について

人の躰のなかでも、いわゆる「開口部」にあたる部位に以前からなぜか気をとられる。むろん、常住不断に意識しているわけではなく、ときに無意識に目がいくのである。眼窩《がんか》、耳孔、鼻孔、口腔《こうこう》、まれにヴァギナ、肛門《こうもん》……。こう挙げてみると、陽根のような突起は粗略かつ粗暴に過ぎ、あまりに明示的なので、観想に値しない。対するに、人躰《じんたい》開口部にはくぼみがあって、そこにはなんだか得体の知れない闇がたまっており、どうやら私はくぼみそのものではなく、闇または暗がりとその多様なグラデーションに惹《ひ》かれているらしい。たとえば、眼窩の闇は死者の瘴気《しょうき》として、口腔の暗がりは生者の恥として、そして、ヴァギナまたは肛門の闇はすべてを呑《の》み吐くものとして。

ここではなかんずく、口腔の奥に底知れずとどこおる闇の性質について語らなければならない。日本人医師たちが外国で男性「患者」に手術をしようとした。ところが、「患者」はおびえていっかな手術台にあがろうとしない。そこで日本人看護婦が進みでて「患者」にむかって彼の母国語で「麻酔をするから痛くありません。寝なさい」と優しく囁《ささや》きかけたところ、患者はうなずいて手術台にあおむいた。看護婦は医師をふりかえって〈どうです、うまいものでしょう〉といわんばかりに笑いかけ、ペロリと舌をだしてみせたのだという。その際、白衣の彼女がふとかいまみせたであろう開口部。ならびに赤い舌先の、つけ根のあたりに漂う暗がりに、私は首を深くつっこんで仔細《しさい》を覗《のぞ》いてみたいほどつよい関心がある。だが、口腔の闇は相当の時をへたいま、どのように変質したのか。グラデーションのありようはどうなのか——という興味に較べればどうということはないかもしれない。闇の今昔における、「いま」という開口部のさり気なさ、底深さにこそ、まさにそこにこそ、秘《ひそ》やかで果てしのない罪と恥ずかしさを感じるからだ。

さて、医師らは「患者」に腰椎《ようつい》麻酔などをほどこしてから、虫垂切除、腸管縫合、四肢切断、気管切開などを事前の計画どおり次から次へと行ったという。

虫垂炎でも大腸ガンでもない健常な男に、である。生きたままバラバラに切断され、ついに絶命した「患者」は衛生兵らにより運ばれ、他にも「患者」ら多数の屍《しかばね》が埋まっている穴に放りこまれた。一九四二年、中国山西省の陸軍病院でいつもどおり何気なく実行された生体手術演習のひとこまである。で、この演習に幾度も参加し戦犯として裁かれ帰国した元軍医が、演習から約半世紀後の一九九三年に開かれた「戦友会」で、ゆくりなくも舌ペロリの元看護婦に再会する。生体手術演習当時、二十代だったとすれば彼女はすでに齢《よわい》七十を越えていたはずだ。元軍医が彼女になにを問い、元看護婦がどう答えたのかのディテールはつまびらかでない。元軍医によると、彼女は生体解剖というよくないことがあったくらいは漠然と覚えてはいたが、具体的な光景は（おそらく舌ペロリもふくめて）忘れていたのだという（注）。老婦人の舌がどうなっていたか、口のなかに暗闇は残っていたか――これらも不分明ではあるものの、彼女の咽《いん》頭《とう》から口蓋《こうがい》、開口部にかけてかすかにたなびくミスト・グリーンのうす暗がりを私は思い描いたものだ。

右のことどもを私はそれほど遠くない前、大腸ガンの手術のためある大学病院の手術室の台上にあおむいた姿勢で卒然と想いだしたのである。むろん、視認したことのある光景ではなく読書の記憶と妄想のぶり返しにすぎない。しかし、眼の位置はそのとき、生体解剖で屠《ほふ》られた中国人「患者」のそれとほぼ同じではないか、と台上の私は瞬《また》きながら気づき、生体手術演習にはその大学の医学部出身の医師も加わっていたという記述もあったことにはっと思いいたって、人の織りなす罪の無窮《むきゅう》の同心円あるいは終わりなき常動曲のようなことにまで想像の触手はのびていったのだった。台上の私は結局、麻酔の海底に沈んだので、生体手術演習をめぐる思念はいったんとぎれたのだが、想像の触手はこのところ再び活発にうごめきはじめている。つきるところ、私は解剖室の手術台＝屠殺《とさつ》台を中心点とする、六十年以上の時間をも覆う無限同心円を脳裏に描きつつも、その構図が暗示しているであろう人倫の謎が解けないのであり、それゆえに謎からいつまでも逃れられないのだが……。そして、ひたすら自問するほかないのである。全体の構図のなかで私はどこに立っているのか。いや、どこにも立っていないのかどうか。どこに立つべきなのか。立つべきでないのか。人としての恥辱はいまどこにあるのか――。

ところで、前述の生体手術演習には軍医部長の大佐、病院長以下、野戦部隊軍医を中心に約二十人が参加したという。解剖室に連行されてきた「患者」は二人で、投降者や敵への内通者とされていた。そのうち八路軍兵士ふうのがっちりとした躰軀《たいく》の男は覚悟をきめたのか、悠然と手術台の上にのったが、農民ふうの男は恐怖のあまり後ずさりしはじめた。看護婦たちが準備する手術刀、鉗子《かんし》、メス、鋏《はさみ》の冷たい金属音が部屋に響く。軍医部長、病院長らはなごやかになにごとか談笑している。いつもどおり医師がルーティンをこなすときの沈着、平静、恬然《てんぜん》とした空気が解剖室を支配しているようだ。ややあって農民ふうの男が、後に証言者となる新米軍医のすぐ眼の前までずるずると後じさってくる。おそらくは、歯の根もあわぬほど躰《からだ》をふるわせながら。新米軍医はそこでなにをしたか。当時その場にいればだれもがやったであろうことをやったのである。逆にいえば、だれもやらないであろうことはやらなかったのだ。つまり、両の手で彼の背を手術台のほうに押しやったのである。看護婦による囁き、甘言、舌ペロリはそれにごく自然につづいた「機転」と「ユーモア」ないし「愛嬌《あいきょう》」であったようだ。とまれ、医師らは生きたままの中国人を粛々と切り刻み、帝国日本の医学に資することのある種の達成感にひたったようである。

しかしながら、右のような、およそ手のつけられない、しかも枚挙にいとまのない過去を告発するのが本稿の主眼ではない。私はそのとき、まだこの世に生まれてはいなかった。したがって、その場にいあわせるはずもない。だが、そこにいなかったということが、まったき免罪やアポリアからの真の解放をかならずしも意味しはしないだろう。生体手術演習が行われた解剖室内の位置関係と全体の構図は、よしんば書物や証言による追体験にせよ、ひとたび光景の一端を知ってしまえば、時を超えて無限の作業仮説を私に強いてくる質のものだからである。たとえば、以下のような作業仮説と自己内問答は二〇〇六年現在でもまったく無意味とはいえない。——生体手術対象者をとりかこむ群れのどこかに私はほんとうにいなかったのだろうか。このしごく正気の殺戮《さつりく》シーンを、私もいならぶ軍医たちの肩ごしに目撃していたのではないだろうか。恐怖で後じさってくる男と私の距離はどのくらいあったか。赤い舌をペロリとだしてみせた看護婦に私はどんな笑みをかえしたのか。後じさってくる被験者のふるえる背を、私もまた両手で押しもどしたのではないか。この構図のなかで、もっとも深い罪は果たして那辺《なへん》にひそむのか……。

　私は仮説がひどくまちがっているとは思わないのに、これらの設問にどうにもうまく答えることができず、みずから設けたアポリアの輪からいっそ脱したいと願う。だが、それはできない相談なのだ。なぜなら、もう抜けでたと思っても、ふと気がつけば私はかならず輪の圏内に立っているからである。それほどに人倫を主題とするこの輪は際限なく広い。こうして答えに窮して疲れ、思念をうちきるときにはいつも「人間は、つねに人間的なもののこちら側か向こう側のどちらかにいる。人間とは中心にある閾であり、その閾を人間的なものの流れと非人間的なものの流れ（…中略…）がたえず通過する」（ジョルジョ・アガンベン＊『アウシュヴィッツの残りのもの――アルシーヴと証人』第三章「恥ずかしさ、あるいは主体について」上村忠男・廣石正和訳、月曜社）などと口ごもったりする。ただし、「人間は」を「私は」に、「人間とは」を「私とは」にいいかえてみたりしてみる。だからといってストンと腑《ふ》におちるわけのものでもないのだが。それでもなお私はこの構図にこだわらざるをえない。すなわち、なにか言葉にならぬ哀切な魂を剝《む》きだした絶体絶命の人間存在をぐるりととりかこむ人の輪。およそはげしく疑《うたぐ》るということのない、こよなき正気の輪。ユーモアも人情も解するであろう、穏やかな諧調《かいちょう》の輪。すぐれて人間的な非人間群の輪。人の形をした忌むべき者（言葉なき者）を囲むいわば理法（ロゴス）の輪。「臭くてだらしがなく、すぐに人をうらぎる見さげはてた者」をとりかこむ「高尚で超凡的な人々」の輪。輪はそのなかの、天皇や共同体への供儀とするにはあまりに汚らわしい、あたかも死者のごとく、せいぜいが初歩的な解剖演習にのみ値する（そう、被験者は生ける屍なのだ）モノへの包囲を徐々にせばめていく。殺人ではなく、屠殺するために。その輪の外側に自分を置き、はるか彼方《かなた》から輪について喋々喚々《ちょうちょうどうどう》と弁じてはならない。なぜなら、それは表面上は論理的に見えて、そのじつ思考の芯《しん》の荒《すさ》み腐った、論理遊びにしばしば生じるある種の〝愉楽〟のようなものになってしまうからである。輪の外延もしくは同心円内に、いっかな逃れようもなく現在がある以上、あえて輪の圏内にみずからを立たせてあれこれ試問しつづけるにしくはないのだ。

ともあれ、くりかえし述べてきた輪の全景にあって「もっとも深い罪」と「恥ずかしさ」について考えるとき、私はなぜか順当な答えをあなぐることができずにいる。中国人への生体解剖を指示した者、システム、直接手をくだした者ら、黙認した者たち……それらはいうまでもなく、自明的罪を負うのでなければならない。そうと知りつつ私は、あのときペロリと舌をだし、そしてその挙措をたんなる「些事《さじ》」として（嘘かまことか）失念したという元看護婦に、罪ならぬ罪の底なしの深さとほとんど堪えがたい恥ずかしさ（憎しみかもしれない）を感じて、明白な殺戮者があまたいるというのに彼女にはなぜべっしてそう感じるのかをうまく説明できずに、ひとしきり苦しむのである。舌ペロリの彼女とは、私たちの「母」の一人であり、あの解剖室の外延にある「いま」の心性だからかもしれない。

きょうも私は、開口部を気にする。口内の闇を見る。そこに名状のむずかしい「いま」の罪と恥辱がかくれていると思うから。ただし、みずからの口中の暗がりはなんとしても自分では見ることができない。たぶん永遠に。

ジョルジョ・アガンベン（一九四二――）――イタリアの哲学者。主著に『ホモ・サケル』『アウシュヴィッツの残りのもの』など。近年は政治的問題を、人間の可能性はどのように実現され、また実現されずに可能性のまま残るかという視点から考察。「ホモ・サケル」とは「聖なる人間」という意味のラテン語。法を守る者ならば誰に殺されてもかまわない人間を指す。アガンベンは「ホモ・サケル」を秩序から排除されると同時に秩序に監禁された存在ととらえる。

（注）吉開那津子著『消せない記憶』（日中出版）および湯浅謙氏の講演録などによる。

II

邂逅——紅紫色の木槿のかげ

紅紫色の木槿《むくげ》の花に見惚《みと》れた。おびただしい八重の花弁が海からの風に揺れて空気に滲《し》みだし、眺めいる自分の眼まで紅紫の色に染まるのを覚えて陶然とした。花弁と花弁のあわいには潮の香が薄く漂い、花の奥には幽《かす》かに潮騒《しおさい》が聞こえる気がした。何年も前の初秋に、東北は三陸の故郷に行ったときのことである。故郷といっても実家はすでになく、じつに久方ぶりの帰郷ではあった。仕事にも人との関係にもひどく倦《う》んだ末にあてどない旅に発《た》ち、気がついたら子供時代を過ごした郷里の海岸近くにいたのだ。

かつてあった競馬場も廄舎《きゅうしゃ》も麦畑も、売春宿といわれていた木造三階建ての焦げ茶の家も、水彩画に水をかけたかのように消えていた。昔、私が住んでいたマッチ箱みたいに小さい平屋の市営住宅もなくなっていて、無表情な鉄筋の集合住宅がどーんと同じ場所にあった。丈が三メートルもある木槿は、集合住宅と道路を境《さか》う紅紫の生け垣として長くつづいていて、その鮮やかな色だけが遠い記憶をかきたてた。まったく同じ色の木槿の花がはるかな昔にもこの辺りに咲き狂っていた気がしてならなかったのである。

そのとき、花の向こうに人の影が動いた。人影はしばし花の色に潤んでいたが、間もなく輪郭をはっきりさせた。杖《つえ》をついた、私と同年輩の痩《や》せた婦人である。杖づかいがまだ巧みではなく、脚がもつれて転《こ》けそうになるものだから眼が離せなくなる。ややあって眼が合った。彼女は思わず息を呑《の》むように「あっ」と小声を発し、私に視線を刺したまま、あんぐりと口を開けて立ち止まった。それから必死の形相になって生け垣の向こうからいったんは私によろよろと近づいてこようとした。

まるで泥の川を漕《こ》ぐようにしてくるその女性に見覚えがある。知らぬ間に重く患ったのであろう、面やつれしてはいたけれど、雛人形《ひなにんぎょう》みたいに整った目鼻口は往時の面影をはっきりと残している。生きているとこんな誂《あつら》えたような偶然が起こりうるのか、A子さんではないか。私は中学時代、東京から転校してきた彼女に思いを寄せ、涼やかな声と訛《なま》りのない発音にいつもうっとりとしていた。けれども、つよく意識する分かえってよそよそしい態度に終始し、一度も口をきかないまま離ればなれになり、いつしか回り舞台のように時と風景がめぐり過ぎていったのだった。

で、私に近づくかに見えたＡ子さんは突然、思いやんだのか方向を転じ、木槿の生け垣に沿ってよろめきながら歩み去っていく。どうして……と私は訝《いぶか》しみ花の奥を探ると、Ａ子さんは顔を伏せ近寄りがたいほど寂しげな眼差《まなざ》しをして、木槿に身を隠すようにゆっくりと遠ざかっていった。紅紫の花の色が映り、横顔が燃えるようだった。私たちはまたも言葉を交わさずに別れてしまい、やがて木槿のことも彼女のことも記憶の抽斗《ひきだし》の暗がりに消えてしまった。

　もう十五年も前のこの想い出が卒然とぶりかえしたのは、私がこの二年間に脳出血とガンを相次いで患ってからだ。ガンの手術の後、すでにさんざ励んだ脳出血後遺症のリハビリをやり直すはめになったのだが、災厄つづきの成りゆきにだって何かしらよいこともある。リハビリのために訪れた病院の廊下に、こちらは淡紅色の木槿の写真が貼ってあり、それが遠い記憶を甦《よみがえ》らせたのである。歩行練習でカラー写真の前にさしかかったとき、はっと心づいた。私の脚のもつれはあのときの彼女のそれにとてもよく似ている、彼女も同系列の病気だったのだな、と。さらに得心した。A子さんが木槿の花の群れに身を隠すようにしたわけ。結局、つらい姿を私に見られたくはなかったのだ。

そういえば、ゆくりなくも彼女と出逢《であ》ったあのときには、どうしたわけか故郷の海を眺めていない。花の奥に低い波の音を聞き、潮の香を嗅《か》いだだけだ。もう一度彼女に会いたいなと思う。いまならば、彼女にせよ私にせよ、花の群れに身を隠すことはないだろう。二人してよろけながら海を見にいくのもいいかもしれない。

名残の桜、流れる花

所用が重なってことしも花見をしそこなってしまった。このところ病が相次ぎ、たかが桜ごとき、どうせ来年になれば見られるという絶対の自信もなくなってきたので、いまさら悔しくてしかたがない。という愚痴を週に三回来ていただいているヘルパーさんに言うと、「名残の花でよければ後三、四日は……」と、川沿いの染井吉野《そめいよしの》を教えてくれた。川越《かわごえ》市の自宅からそこまでは、普通の脚なら二十分もかかるまいが、脳出血の後遺症がある私の脚ではがんばっても二、三倍の時間を要する。それでも歩いていってみようと思い立ったのは、思いがけず耳にした「名残の花」の床《ゆか》しい響きのせいであった。

雨の上がった日にやっとのことで川の堤に着いたときには、もう夕まぐれに近く、私は息があがり、汗みずくである。散り残った花がなま暖かい風にのり、いままさに最期の舞を舞っていた。いっときは見わたすかぎり白んだであろう桜吹雪のすごみはすでになく、ほろほろとまばらに散る花弁は、むしろうら寂しい里の風花《かざはな》を思わせた。息を整えつつ落花の軌跡をぼんやり眼で追っていると、花びらが「いま」と「昔」をひとすじの白い残像でつないでいる気がしてくる。花が枝を離れ、細かく旋回して、ひたりと川面《かわも》に着水するまでの、ひどく緩い数秒間。それが何年もの時の移ろいにそのまま重なってくる。

雪白の花びらは幾片も幾片も散らばって、水面を妖《あや》しく泳ぎだす。いつもは痩せ細った川ともいえない小川は、夜来の雨のせいであろう、見ちがえるほど豊かに漲《みなぎ》り、花びらたちは水勢にのって堰《せき》を難なくのりこえていく。河岸に譲り葉の茂るあたりに二番目の堰があるのだが、黄昏《たそがれ》てよくは見えない。というより、空気に濃い乳色の暈《かさ》がかかっていて、霞《かす》み具合が〈この先は現《うつつ》にあらず〉と告げているようでもある。

病む前にきたときには、そんなことを思いもしなかったのに、やはり末期の眼というのがあるのかしらん、あちら側がいやに近くなったと感じてしまう。流れの彼方《かなた》を眺めつつ、もう一つ、はっと思いいたった。新河岸《しんがし》川と呼ばれるこの川は、やがて水量をさらに増して荒川へと注ぎ、その一部は分流して隅田川となるはずである。まるで雪片のようなこれらの最期の桜花たちも、流れ流れて隅田川の名残の花と合流するのであろうか。

私は以前、隅田川にほど近い東京は南千住《みなみせんじゅ》のアパートに住んでいた。そのころ、父をガンで失った。仲のよい親子ではなかったのだけれど、逆にその自責もあって、葬儀の後、骨と灰の一部をアパートに持ち帰り、一年ほど一緒に暮らしてから、桜の季節を待って隅田川に撒《ま》きにいったのだった。学生時代にボート部員だった父は隅田川にことのほか熱い想い出をもちつづけていたからである。

逝く数日前に、生きていて一番楽しかったことは何だったか問うと、気息を乱しながら、しかし、いささかのためらいもなく「ボートを漕《こ》いでいたころだな。あとは、だめだ……」と蚊の鳴くような声で答えたものだ。ボートは戦前のほんのいっとき。「あとは、だめ」というのは、兵士だった戦中と、戦後の地方紙記者時代の、さしも長かった半世紀間のことである。何がどうだめだったのかは詮索《せんさく》しなかった。が、掌《てのひら》を返したように価値観を変えた戦後社会に生きることの憂悶《ゆうもん》は、いま、私にも痛くわかるようになった。

あのとき、父の骨と灰は言問橋《ことといばし》の上から撒いたのであった。折りからの風に乱れ舞う灰を、余儀なく口にわずかながら吸った。じゃりじゃりとするそれを吐きださず、私は苦笑いして食った。情とか愛とかではなく、不孝ばかりしてきた父へのある種の義理のような、やや構えた気分ではあったが、灰の父は拍子抜けするほど味もにおいもしなかったと記憶する。そういえば、宙に散らばる骨灰の向こうに、河岸の桜がおぼろに見えたっけ。花が流れる眼前の小川のはるか彼方にも、過去の桜が咲いている。空は菫色《すみれいろ》に暮れなずんでいる。

書く場と時間と死——『自分自身への審問』の場合

護送車やパトカーの窓から、大抵は手錠や腰縄をかけられたまま、大都会の風景を眺めたことが何度かある。デモで逮捕された東京で、公安当局に連行された北京で。いうまでもなく、それは護送車やパトカーが走る大都会の風景を、通りを自由に歩きながら眺めるのとは大ちがいである。窮地にある者の眼には見慣れた街路も行き交う人々も、褪色《たいしょく》したように白茶けて萎《しお》れて映り、気がつけば、すべての音が死んでいる。

ガンの手術を受けにタクシーで病院に赴く途次もそうであった。音が消えて風景が薄ら寒いモノトーンになっていた。ガンの前に脳出血で倒れ、救急車で病院に運ばれたときには意識を半ば失っていたから街の風景どころではなかったが、約一カ月後の転院の際、車の窓から見た一面の桜には淡紅色の華やぎが失《う》せ、死に装束のような見わたすかぎりの白無垢《しろむく》だけがすべての色ならぬ色だったのであり、雪のように散りゆく花弁は音という音を封じて生の世界をどこまでも静かに殺していたのだった。

私を幽《かす》かに誘《そび》きつづけるものがそれらにはあった。死か。少なくも、その兆《きざ》しか徴《しるし》か。ずっとそう思い、観念していた。一方的に運命に呑《の》まれるのも癪《しゃく》だから、自分のほうからさっさとおさらばしてやろうと思いつく道具を準備していた時期もあった。しかしながら、じつのところ何が誘きかけているのかいまひとつわからない。私は感官のすべてを動員して兆しているものの正体を探ろうとした。

走る窓の内側からの眺めが私に誘きかけると書いたが、よくよく考えれば、褪色し音をなくした街並みといい、満目の桜といい、私の好きな風景なのであり、死への誘《いざな》いであると同時に、私のなかの何かをそそるものでもあったのだ。いいかえれば、抗《あらが》いがたく近づいてくる死が、常ならない状態にまで私を昂揚《こうよう》させ、何かをしむけているのである。精神的には〈静〉だとばかり思っていた死への接近は、じつのところ、〈動〉だったのであり、私はにわかに忙しくなった。誘きつづけるもの、それは死が蠱惑《こわく》してやまない「いま、これを書け」という声だったのだから。

オペ中に脳出血再発の可能性なしとしないというので、手術前の検査は厳密をきわめ苛酷《かこく》でもあった。私という身体は連日、弄《いじ》くられ、捲《めく》られ、血を抜かれ、刺され、異物を注入され、撮られ、飲まされ、排泄《はいせつ》させられて、もともと脳出血の後遺症があるものだから終いには昏倒《こんとう》寸前にもなった。ものを書く環境としては最悪と思われたが、人の躰《からだ》と表現の関係は不思議というほかない。躰がただの機械装置か何かのように無機質に扱われれば扱われるほど内奥の表現の衝迫は抑えがたくなってきた。実際、これほど書きたいという気持ちの水位が高まったのは初めてであった。

われわれの身体というのは、物質的なもの、生命的なもの、心的なものというこの世の相異なる三つの次元をいずれも感覚することができるのだそうだ。なぜかというと、人間身体とはそもそも、これら三次元をうまく統合した存在だからだ、と心身二元論に同調しない哲学者たちはいう。だが、こうした感覚は常住どんなときでも可能というわけにはいくまい。恐らくは、迫りくる〈死のとき〉を背負ってこそ、かえって感覚が開き、尖《とが》り、ときに時空を超えて飛《ひ》翔《しょう》もするようだ。

「自分自身への審問」（『自分自身への審問』第五章）は、あたかもそんなときに全文、病院で手術の前後に書かれた。無論、入院前から創作を図っていたわけではなく、自己審問というスタイルも、審問・陳述の中身も、全体の流れも、すべて入院後に着想したものである。「書かれた」と受動態で記したのは、主体的意思でそうしたのではなく、何か神妙不可思議なものに突き動かされて「書かされた」感を退院後のいまも拭《ぬぐ》えないからである。

私の右手は脳出血による麻痺《まひ》でつかいものにならなくなっている。残る左手には点滴の管がつながれ、おまけに入院後のストレスで歩行障害、感覚障害が高じて、身体全般の不如意はもはや耐えがたかったのに、私は病室で連夜パソコンに向かい、チューブが絡みつく左手でポツリポツリ文字を打ちこんだ。なぜそれができたのか、いまもってわからない。しかも、創作の流れは病に倒れる以前に較べても滞るということが少なく、全身麻酔で意識を失った時間を除けば、手術室でさえ仰向《あおむ》いて「審問」を構想していた。私が意識せざるをえなかった〈死のとき〉とは、意外にも創作上は〈旺盛《おうせい》なとき〉であったのである。

自死をいまはあまり考えない。それを鬱々《うつうつ》と思うには私の現在は文を紡ぐのにあまりに忙しくなったのだ。迫りくるもの、誘きかけてくるものは日々変わらずにある。それは、死であるとともに、〈最期の一秒まで書け〉という内奥の声だ。

一犬虚に吠え、万犬それに倣う——小泉劇場と観客の五年間

「一犬虚に吠ゆれば万犬実を伝う」という。一人がでたらめを語ると、多くの人々がそれを真実として広めてしまうものだという後漢のたとえである。小泉執政の五年ぐらいこの言葉を考えさせられたことはない。

私の興味は「一犬」の正体や小泉純一郎という人物のいかんにあるのではなく、「万犬」すなわち群衆というものの危うい変わり身と「一犬」と「万犬」をつなぐメディアの功罪にある。

もっといえば、二十一世紀現在でもファシズム（または新しいファシズム）は生成されるものか、この社会は果たしてそれを拒む文化をもちあわせているのだろうか——という、やや古典的な疑問をもちつづけている。

小泉政権誕生直後のマスコミは、私の印象では、総じて〝悪い熱病〟にかか

っているようであった。「神の国」発言などで末期には支持率六％前後という不人気をかこった前政権は、政策といいパフォーマンスといい、たしかに退屈でいささか不快ではあった。

その反動もあって新たに登場した小泉政権は清新の気や変化の兆しを感じさせたのであろう、いっとき八〇％近くの驚異的支持率を獲得し、多くの人々が政治アパシー（無気力）から一気に政治的観衆と化していった。

群衆のこの素速い変わり身にひやりとしたのは私だけではあるまい。変身に政治的な成熟ではなく、過剰に情緒的なものを感じて危ぶんだ人々も少数派ながらいるにはいたのだ。

しかし、こうしたプロセスにマスメディアはなにがしか制動の役割を果たしたかといえば事態は逆で、むしろ拍車をかけていったかに見える。

論理の射程が短く、「感動した」だの「ぶっ壊す」だのとエモーショナルな言葉を重ねる首相はとても幽玄な哲学の持ち主には見えないが、群衆にとってはかえって明快で小気味よく、マスメディアにとっては報じやすい政治家であるだろう。彼の行く先々で人は群がって歓声をあげ、風景は何やら祭りめいた。

メディアはまたぞろそれを報じるから人気は相乗し、首相はわれ知らず人気の波に酔っているかに見受けられた。

人気絶頂時に民放テレビの報道番組担当ディレクターが嘆くのを聴いたことがある。「支持率八〇％の首相に批判的な番組をつくるのは不可能に近い」。かくしてメディアも情報消費者もこぞって「群衆化」していくようであった。いわゆる小泉劇場はしばしば大観衆に埋めつくされたが、劇場を首相官邸サイドの思惑どおりに設《しつら》えたのはマスメディアなかんずくテレビメディアではなかったか。

それでは、政治権力とメディアが合作したこの劇場の空気とは何だろうか。第一に、わかりやすいイメージや情緒が、迂遠《うえん》ではあるけれど大切な論理を排除し、現在の出来事が記憶すべき過去（歴史）を塗りかえてしまうこと。第二に、あざとい政治劇を観《み》る群衆から分析的思考を奪い、歓呼の声や嘲笑《ちょうしょう》を伝染させて、劇を喜ばない者たちにはシニシズムを蔓延《まんえん》させたことであろう。

これらとほぼ同様のことを最初に指摘したのは、じつはフランスの作家でメディア学者でもあるレジス・ドブレ*である。関心のある向きは一九九四年十一月三十日付夕刊の朝日新聞記事（「テレビが政治的権力を持ち始めた」）を参照されたい。ドブレへのインタビューを交えた十年以上前のこの記事は、まるでつい昨日報じられたかのように優れて今日的であるのに驚かされる。

記事によると、ドブレはテレビがもたらした状況の変化について、常に刺激を求める視聴者に合わせることによる情報のヒステリー化、短絡化を挙げ、「大衆迎合的人道主義」が横行して、「浅薄で凡庸なイメージ」が少数意見を圧殺する——などと語っている。よくよく考えてみれば、それはひとりテレビだけの罪ではなく、新聞やネット情報を含むマスメディア全体の病症である気がする。

ドブレは「今や政治はショーかスポーツの様相を呈し、市民の政治参加はサポーターの応援合戦のようになりつつある」とも言い、こうした社会は「ファシズムよりましというだけで、民主主義ではない」と断じている。あたかも日本について論じているようなこの分析のなかで私がとくに注目しているのがここだ。

先進諸国における政治のショー化、有権者のサポーター化といった現象が、イメージ偏重型である小泉首相の登場を引き金に、この国でも顕在化したからだ。ただし、ドブレの指摘に一つの問いを継ぎ足したくもなる。日本は本当にファシズムではないと断言できるのか、と。

イタリアのファシズムについて優れた考察を発表している作家ウンベルト・エーコ*によれば、ファシズムとはいかなる精髄も単独の本質さえない「ファジーな全体主義」（『永遠のファシズム』）であるのだという。日本のいまがそれに当たるか詮議《せんぎ》するのも興味深いが、より重要なのは、エーコも力説するように「世界のいたるところで新たなかたちをとって現れてくる原ファシズム（ファシズムの特徴を帯びた現象）を、一つひとつ指弾すること」だろう。

この文脈で私がこだわらざるをえないことが二つある。いずれも小泉首相と憲法の、摩訶不思議《まかふしぎ》な関係である。

自衛隊のイラク派遣を閣議決定した二〇〇三年十二月九日、首相は記者会見して海外派兵の論拠を憲法前文に求めると同時に、「日本国の理念」「国家としての意思」「日本国民の精神」が試されているとぶちあげて、前文の一部をわざわざ読み上げてみせた。記者団からは寂《せき》として声がなかったが、後の世の若者たちにも恐らく決定的な影響をあたえずにおかないこの憲法解釈はどう考えても間違っている。

もう一つ。二〇〇六年の年頭記者会見で首相は靖国《やすくに》参拝と中韓両国の反発にふれて「精神の自由、心の問題、これは誰も侵すことのできない憲法に保障されたもの」と述べた。憲法第十九条〔思想・良心の自由〕について語っているらしいのだが、さても安く憲法が使われるようになったものである。いったい第二十条〔信教の自由、政教分離〕はどうなってしまったのか。これまた後の世のありようを大きく左右しかねない憲法の意図的な誤用ではないだろうか。

しかし、最高法規の牽強付会《けんきょうふかい》もほしいままの利用も、この国ではトップリーダーの政治生命に何ら影響しないらしい。私としては再び「ファシズムよりましというだけで、民主主義ではない」の言葉をなぞらざるをえない。

一犬が虚に吠《ほ》えるのは多分、歴史的にいくらでもあったことである。だが、万犬もそれに倣うのかどうか。小泉執政五年のいま、劇場主も観衆もメディアも静思すべきだ。

レジス・ドブレ（一九四〇——）——新たな学「メディオロジー」を提唱したフランスの哲学者。メディオロジーは、狭義のメディアに留まらず、ひろく記号や象徴を用いた人間の情報伝達行為一般を研究対象とする。情報や人間の思考が、どのような素材や技術の媒介によって伝達され、具体的な習慣や行為に変形してゆくのかを研究する。ドブレは一九六〇年代にはキューバに渡り、カストロやゲバラと親交を結んだ政治活動家でもあった。著書に『ゲバラ最後の闘い』『屈服しないこと』など。

ウンベルト・エーコ（一九三二——）——イタリアの記号学者。記号論についての著作の他、政治・社会を論じたエッセイや小説も多数発表。『永遠のファシズム』ではファシズムを、何ら本質を持たない、雑多な知や情報のあいまいな寄せ集めの状態から生じる動向ととらえ、現代におけるメディアの役割や知識人の責任を鋭く指摘する。著書に『薔薇《ばら》の名前』『物語における読者』『開かれた作品』など。

III

いまここに在ることの恥——諾《うべな》うことのできぬもの

きょうは私のわがままのために皆さんにお集まりいただいたようなものでして、なによりもまず、長い間ごぶさたをして、ご心配をかけたことのお詫《わ》びを申しあげたかったのです。私の本、非常に拙い本ですけれども、その読者の皆さんに、心からお詫びしたいと思います。そして心から感謝したいと思います。

それから、私の友人たちに。新潟で倒れたときには、たくさんの方が病院に訪ねてみえたわけですが、私はお会いできませんでした。足腰が立たず、ろくに話すこともできなかったからです。また、自分自身でいったいなにを話していいかわからないほど動揺もしていました。したがって、お会いせずに、そのまま帰っていただいた方がほとんどなのですが、そのことも謝りたいと思っております。激励のお手紙もたくさんいただきました。ほんとうにありがとうございました。

さきほど会場にはバッハの無伴奏チェロ組曲が流れていました。カザルス*の演奏だと思いますが、ああ、これは「喪」の曲みたいだなと感じました。とすれば、きょうは仮通夜のようなものでしょうか。「ご親族の方からどうぞ」といいたいところですけれども（笑）、本通夜も告別式もまだですから、〝故人〟としてはその前に意地をはって少しだけお話ししたいという思いがあるのです。この先どれほどの時間を生きて、書き、話すことができるものか、皆目わからなくなってしまったということが、私をこんな気持ちにさせているのかもしれません。やや焦り気味かもしれません。ただ、衝迫というのでしょうか、なにかを表現したいという気持ちがいま、病んだ躰《からだ》の奥から突きあげてきているのです。生者が遺意《いい》を語るというのは奇妙で大げさで、なにやら不遜《ふそん》であり、私のスタイルではありません。ただ、遺志を語るも、痴《し》れ言を話すも、いまとなってはさほどのちがいはなしという気分です。そうですね、脳を患った男の戯《ざ》れ言とでも受けとっていただければ幸いです。きょうは人としての恥ということ、ファシズムのこと、憲法のこと……等々、病に臥《ふ》していたころからこれまでに考え、悩んできたことをお話しします。麻痺《まひ》のせいでところどころ呂律《ろれつ》がまわりませんが、しばらくおつきあいいただければと思っております。

パブロ・カザルス（一八七六——一九七三）——スペインのチェロ奏者。埋もれていたバッハの無伴奏チェロ組曲を、深い精神性を感じさせる奏法で甦《よみがえ》らせた。スペイン内戦では共和国政府を支持し、演奏収入を人民戦線側に提供、一九三九年にフランス亡命後はスペイン難民の救援に尽力した。戦後は、戦勝国によるフランコ独裁政権承認に抗議していっさいの公開演奏を停止したが、五〇年のバッハ没後二百年祭を機に活動を再開、平和運動にも取り組んだ。

1　時間感覚が崩れてから

瞬間と悠久と

私は二〇〇四年の三月十四日に、新潟で講演中に脳出血で倒れました。きょうまで、数えれば二年と一ヵ月たつわけです。時間というのはじつに不思議なものでで、たとえば、『空と夢』などで知られるガストン・バシュラール*は、時間とは「瞬間の連続」あるいは、「いまの連続」とイメージしたようです。これには記憶が深くかかわります。いまの連続に記憶が重なったり、記憶を瞬間という意識が透過するとき、はじめて時間感覚が生まれるのかもしれません。ある人にとっての一刹那《いっせつな》あるいは「たまゆら」の時が、別の人にとっては悠久に感じられるということは大いにありうることです。そんなわけで、倒れる前は、私にとって二年なんてあっという間のできごとだったのですが、この二年を私は十年間ぐらいに感じてすごしてきたのです。

その間、四つの病院に五カ月以上入院しました。一生懸命リハビリをやって、その最中にガンまで発見されて、手術をしました。そしてまたリハビリをやり直しました。古い友人に、私はこんなことをいわれたことがあります。「あなたの人生は、出入りの多いゴルフみたいだね」と。いまさらながらほんとうにそうだな、という気がしていて、幸か不幸かこれから生きのびたら、ひょっとすると、もう一波乱、二波乱ぐらいあるかもしれないと考えたりしています。そう思うと、なんだかうんざりします。なにごとにおいても私は過剰なものですから、リハビリも全力をつくしてやりました。一日一回、かならず階段を上り下りしないと、それができなくなるものですから、近くのデパートまで行って上ったり下りたりを繰り返しています。ですが、ガンで手術ということになれば、病院で寝ていることも多くなって歩いたり段差を移動したりができなくなる。それで、またぞろ階段の上り下りの練習を最初からはじめなくてはならない。

そういった多事多難がすぎてきた時間を十年にも感じさせてしまうのか、あるいは脳出血で意識を失ったり、記憶を乱したりというようなある種の臨死的な経験が自分の時間軸や時間感覚を変えてしまったのか……まったく私にはわかりません。ただ、いまよろよろと演台に向かって歩いてくるとき、たくさんの友人たちの顔を横目にして、これを帰還というのか、ああ、長く遠い旅からやっとのことで引き返してきたのだな、という感慨を覚えたのです。いままさに、万感こもごもいたり、すぐには言葉にならないほど気持ちがたかぶっております。

二年一ヵ月の間、私はなにを、どう表現すればいいのだろう、いったい、なにを書けばいいのだろう、ということをずっと考えてきました。二つだけ、死んでもやりたくないことがありました。それはなんでしょうか。私が読みたくないもの、書きたくないものです。それらはいわゆる「人生論」と「闘病記」です。これが大嫌いなのです。なぜかというと、二つともかたく秘していれば魅力的なのですが、大層に書かれ、語られたとたんに、説教くさく、どこか嘘くさくなるから。自分が読まないものを書くわけにはいかない。したがって、書きませんでした。まだがまんできるのは遺書めくもの、ないしはイタチの最《さい》後《ご》っ屁《ぺ》ではありませんが、この際、いいたいことはいっておくぞというものであります。きょうお話しすることは、その後者のほうではないかと思っているわけです。

私は二〇〇四年に新潟の病院二ヵ所にいましたが、かなり長い間にわたって、その年は二〇〇二年だと思いこんでいました。そう信じきっていました。なぜかはわからないのです。私は後遺症で右手が動かなくなっていたので、これはまずいと思って、左手でなんとか字を書いたりする練習をしなければと、病室でノートに一生懸命書く練習をしていたのですね。それは子どものお絵描きにもならないようなものでしたけれども。そこに私は二〇〇二年四月何日と書いたのです。その日の記録のつもりでした。それを見た友だちにごくひかえめにいわれました。「ことしは二〇〇四年だよ」と。私はゾッとしました。嘘だと思いました。とても傷つきました。しかし、病院中のカレンダーを見ても、どれも二〇〇四年と書いてある。最初はだれかの陰謀ではないかと思った。あるいはどこかの組織の謀略ではないのか。これは世界中が私を陥《おとしい》れるために、私を狂わせるためにカレンダーまでとりかえているのではないか、と（笑）。よくそういう映画がありますが、そう疑ったほどです。たぶん、私のなかの時間軸が、脳出血のインパクトで狂いを生じてしまったのですね。私はとても悲しみました。納得のいく時間を知りたい、どうして二〇〇二年ではないのかを理解したいと願いました。私は「玉響《たまゆら》と悠久は、見方を変えれば、同じこと」などと書いたりする男ですが、やはり現世的時間からとりのこされるのを怖れていたのです。あるいは、西暦何年という時間的記号から離脱するのを潔しとしなかったようです。時間的記号から解放されたいと願う気持ちをもちつつも、覚悟はまだできていなかったのでしょう。

ガストン・バシュラール（一八八四――一九六二）――フランスの科学哲学史家。時間を、直線的な流れではなく、空間を垂直に断ち切る瞬間的な点と捉《とら》えた。このダイナミックな瞬間に、世界を構成する諸元素が、現実の中に具体的な形をとって出現する。これをバシュラールは「物質の想像力」と呼び、鉱石や火、水、土といった諸元素がもつ詩的イメージを論じた。『水と夢――物質の想像力についての試論』『火の精神分析』など著書多数。

「潜思」する人びと

その病院には私のような患者たちがたくさんいました。脳血管障害の患者さんや認知症のおじいさん、おばあさんたちが何人もいました。私は彼ら彼女たちといっしょのお風呂《ふろ》に入れてもらったりしました。えがたい経験だったと思っております。皆さんご存じだと思いますが、障害者用の風呂にはクレーンのようなもので吊《つ》り上げられて入れてもらうのです。浴槽の高さですからべつに高く吊り上げられるわけではないのですけれども、あおむいているからか脳がやられたからか、肉体的には非常な高さを感じます。風呂場で宙吊りになって、これは日常の「高度」にはない不思議な位置だなと思いました。ときには、私の前に入った認知症のおじいさん、おばあさんたちが、風呂場でおもらしをしてしまったりして、それが片隅に落ちていたりもする。それでも、自分ひとりでは風呂に入れないわけですし、介護をしてくれる人々は総じて医師よりよほど優しいですから、こんな幸せってあるだろうかと心の底から感謝しました。

私には若いときからの持論があって、人間の悦《よろこ》びや快楽というのは、つきるところ、ひとつの「落差」の感覚すなわち相対感覚だなと思っていました。絶対的な快楽などというものがあるのだろうか。『もの食う人びと』という本をだしたときに、「いちばんおいしかったものはなんですか」とよく訊《き》かれました。じつは、ないのです、そんなもの。あえていうとしたら、ポーランドの炭鉱で、地下六百メートルぐらいに潜って、炭鉱労働のまねごとをしたあとに飲んだスープがいちばんうまかったなという記憶ぐらいです。雑巾《ぞうきん》を絞るように汗をだしつくしていたからです。絶対的な快楽値のようなものはありはしない。おいしさ、快楽、あるいは素晴らしい気分というのは、やはりひとつの落差、相対価値であるように私には思えました。飽食のこの国では、絶対的美味や絶対快楽がお金で買えるように錯覚されていますが、ひどい倒錯です。脳出血して躰《からだ》が動かなくなって風呂に入れてもらうと、涙がでるくらいうれしい。こんな幸せだってあるのだなと感動しました。おそらくいくらも給料をもらっていないだろう女性が私を洗ってくれる。「頭痒《かゆ》くないですか?」といってやさしくしてくれる。それは、人生についてどんなにもっともらしい理屈をいわれるよりも、私にとっては至福の時間でした。私は制度やシステムのよさをいっているのではありません。汚れた私を洗ってくれた人々の心ばえのよさ、人としての基本動作のたしかさに感激したのです。

リハビリ室まで車椅子で行きますと、認知症のおじいさんやおばあさんが何人かいます。ハルミさんという、とても小さなおばあさんがいました。ファービー人形というのでしょうか、そんなかわいい顔をしていました。私はそのおばあさんがなんだか好きでした。その人は、いつもセラピストに訊かれていました。「ハルミさん、あなたのお名前はなんていいますか?」。「ハルミさん」といっているのですから、ハルミさんにきまっているではないかと思うのですが、セラピストは「お名前はなんていいますか?」と問うわけです。「きょうは何年何月何日ですか?」ともセラピストがたずねる。また、「あなたは、どこからいらっしゃいましたか。ハルミさん、寝ちゃだめですよ。あなたはどこからいらっしゃいましたか」と話しかけるわけです。そして、「あなたはなにをしている方ですか」と。

その質問は私の胸にずっと残っています。耳にこびりついている。これはすごい根源の問いだなと思う。脳出血の後遺症のため、私がその質問に直ちに答えられないということも、もちろんあります。いつも自分が訊かれているような気がしていました。「あなたはだれですか」。「あなたはどこからきたのですか」。「あなたはなにをしているのですか」。よくよく考えれば、これらは脳血管障害者でなくても難問中の難問にちがいありません。私は電話番号もパスワードも、自分の住所も、すべて忘れていました。新潟にいたのに、一時、横須《よこす》賀《か》にいるように思っていました。場所と時間の感覚が、みんな崩れてしまったのです。そのことにとても傷ついてもいました。私はなんとか現実に合わせようとしました。つまり、陥没したものをとりもどして、それを埋めたいと思ったのです。でもよく考えてみると、パスワードとか電話番号とか住所とか、それらは果たして生身のわれわれが生きていく上で真に必要不可欠な、本質的なものなのだろうか。そういう疑いをかかえながら、私はハルミさんへの質問を私へのそれのように聞いたものです。「あなたはどこからいらっしゃいましたか」「あなたはなにをしている人ですか」「あなたはだれですか」。この根源の問いに正しく答えられる人がいるでしょうか。

　ハルミさんはいっかな答えませんでした。ときどき眠ってしまいます。いびきをかいて寝たりします。でも私はハルミさんをじっと見ていて、不思議だなと思ったことが何度かあります。そのセッションが終わってリハビリ室をでるときに、なんとなく私にウィンクをしたような気がするのです（笑）。〈私は私よ。つまらないことを訊くものよね……〉とでもいっているようでした。

　私の好きな日本語に「潜思《せんし》」という言葉があります。心をしずめて深く考えることで、潜思黙想という表現もあります。私には問うているセラピストより問われていて答えようとしないハルミさんのほうが、はるかに哲学の深みについて潜思し黙想しているように見えました。そして、この人は意識的に黙秘しているのではないかと思いました。緘黙《かんもく》という言葉があります。おそらく、かって全学連で暴れた人たちは、すぐピンとくるでしょう。でも、その「完黙」にとどまらない、もっと内面的な「緘黙」――躰の芯《しん》から沈黙するという言葉があります。私はこの言葉がとても好きです。ハルミさんは世界に対して緘黙しているのではないかというふうに思えてきたのです。なぜかというと、彼女は深い森の湖みたいな眼差《まなざ》しをしていたから。そして、じつに不可思議で魅力的な笑いをする。皮肉っぽくも見える。また英知にあふれているような表情をする。ハルミさんはなにも喋《しゃべ》らない。「あなたはだれですか」「あなたはなんという名前ですか」「きょうは何年何月何日ですか」といわれても答えない。そういったありようを、人は「形骸《けいがい》」というかもしれない。形骸に見えるかもしれない。形骸とは「人間としての機能を失って、物体としてのみ存在する躰」と辞書にはありますが、でもどうなのだろう。形骸なんているのだろうか。形骸というものがいったい世の中にあるのでしょうか。

私は脳の視床下部というところをやられました。視床下部というのは言語をつかさどるところらしいので、医師のなかには、私が作家の仕事にもどるのは無理かもしれないという人もいました。じつのところ、それがとても気になっていました。私には、記銘——つまり記憶の障害、そして言語の障害、また運動の障害があります。感覚障害もあります。右半身では温度があまりよくわからない。また、常に躰の右半分が、セメントか鉛でも流しこまれたみたいに非常に重い。一トンぐらいの重さを感じています。百キロではありません。一トン。シュールというか、文学的、宗教的なのですね。むろん、ひどい責め苦のように感じたりもします。友人には「シシュフォスのようだな」といわれたことがあります。ゼウスに憎まれて、かならず転がり落ちる大石を山の頂へと押し上げる刑罰を死後、地獄で科せられたコリント王シシュフォス。でも、そうした無限の責め苦とは、私のようなこんな生やさしいものとは比較にもならないでしょう。もっとも、人はだれしも、シシュフォスのような刑を科せられているのではないかと感じることは病に倒れる以前からしばしばありました。生とは刑として科せられている苦しみのことなのではないか、生そのものが罰の別名なのではないかというような……。

ファシズムの波動

しかしきょうは、その話ではないのです。ひとつ気になっていることがありました。時間軸、空間軸みたいなものが崩れ乱れてから、この二年をかけて、私はそれを整理しようとしてきました。どのような時系列で私は生きてきたのか、それを考えてきました。二〇〇四年三月十四日に私は倒れて意識を失い、ある意味で死に目にもあったわけですが、それといま二〇〇六年四月二十七日を時系列のとおりに結ぶ必要を感じているのです。なぜそうしたいのかはわかりませんが、必死でそうしようと思っているわけです。いまでも私は「あれはいつだったっけ?」と訊《き》くことがあります。人と会った時と場所。電話をかけて名古屋の友人に訊いたこともあります。よく私はそれをまちがえるのです。私が倒れて死にそうになった二〇〇四年三月十四日。そして倒れてからはじめて、こうして読者の皆さんや友人たちとお会いするきょう二〇〇六年の四月二十七日。この時間差にどのような意味があるのか、その間に果たしてなにが起きたのかをふりかえってみたいと思って、きょうはやってきたのです。

倒れたときといまとの空白、断絶をつながなくてはいけない。そのためには、証拠を集める必要があると思い、私は二年前の新潟講演のときのメモをさがしだしました。そのなかには、こんなことが書いてありました。「二〇〇三年五月十四日、衆院有事法制*特別委員会で法案可決」。二〇〇三年の五月十四日、倒れる一年前です。それから、やはり倒れる約一年前ですけれども、「二〇〇三年七月二十六日、イラク特措法*が成立」というのがありました。それから、「二〇〇三年十二月九日、自衛隊のイラク派兵を閣議決定」というのがありました。そしてそこに、「コイズミ記者会見、憲法前文につき説諭」と書いてありました。それから、「二〇〇四年二月三日、自衛隊の本隊第一陣が出発」というふうに私のメモには書かれています。

ちょっと脱線しますが、そのころ、私はよくデモに行きました。私はよく講演をしました。なにかをせずにはいられなかったのです。こんな調子ではなくて、もっと机を叩《たた》いて叫ぶような激しい講演でした。講演というよりはアジ演説のようなものです。それを自分で嫌悪してもいたのですが。終わると私は浴びるように酒を飲みました。自分が訴えていることが、自分の魂の芯と合っていないような気がしました。講演がうまくいけばうまくいくで、いやだったのです。聴衆がワーッと拍手をすればするで気持ちが悪かった。そして、なにをしようが、なにをどう語ろうが、風景はなにも変わらない。そのことにもいらだちました。自分がやっていることは正しいのか、妥当なのか、私は自分の魂の芯に対して正直なのか……ということについても悩みました。悩む以上は事態にしっかりと向き合ってものを書かざるをえないと思って、私は原稿をしためました。書けといわれたのではなくて、自分から書いたのです。『抵抗論』(毎日新聞社刊、講談社文庫)という本のなかに入っている「憲法、国家および自衛隊派兵についてのノート」という文章です。大した原稿ではありませんが、これを書くのに私はひどく疲れました。そして、積年の不摂生もあり倒れたのです。

話をもどします。メモには、こんなことも書いてありました。「自衛隊の本隊第一陣九十人が出発」というあとに、「思想や変革の運動の廃墟《はいきょ》」「闘わずして大敗北」「恥ずべき安楽死」、そして「反動の完成期」と書いてあります。当時の私の失意や怒り、やりきれなさが書きつけてあったのです。

まだそのころは、早稲田大学の客員教授をやっておりまして、メディア論のほかに「戦争と文学」といったテーマのゼミもうけもっておりました。そのときに教材につかったものに、石川淳*の『マルスの歌』という作品があります。光の屈ほんの短い小説ですが、おそらくファシズムというものの風景や空気、光の屈折ぐあい、波動の微妙な変化を表現したのに、これほど的確なものは、かつても、そしていまもないような気がします。昔日と現在とではファシズムのありようがいうまでもなく根本的に異なるでしょう。でも、その波動の一種不可思議な変調は、この二〇〇六年の四月二十七日とも、よく似ているような気がするのです。

さきほどからお話ししているメモのなかには『マルスの歌』の引用もありました。「マルス」というのは軍神のことです。「たれひとりとくにこれといって風変わりな、怪奇な、不可思議な真似をしているわけでもないのに、平凡でしかないめいめいの姿が異様に映し出されるということはさらに異様であった。『マルスの歌』の季節に置かれては、ひとびとの影はその在るべき位置からずれてうごくのであろうか。この幻燈では、光線がぼやけ、曇り、濁り、それが場面をゆがめてしまう。ひとびとを清澄にし、明確にし、強烈にし、美しくさせるために、いま何が欠けているのか」。石川淳は一九三八（昭和十三）年に、そのように書いている。ファシズムというものの波動というか、空気の動き、あるいは光の屈折ぐあいを表すのに、これほど見事な文章はない。たしか『文學界』に発表した作品です。これがいかにも反国家的ということで、発禁になったと聞いております。こんな程度で「反国家的」と指弾されたのです。

有事法制――二〇〇三年に「武力攻撃事態法案」、自衛隊法改正法案、安全保障会議設置法改正案の有事法制関連三法が、二〇〇四年には国民保護法など有事関連七法が成立。「有事＝戦時」という憲法が停止させられてしまう総動員体制下で、自治体、民間企業、住民などが負うべき義務、さらには権利の制限が明文化された。

イラク特措法――正確には「イラク復興支援特別措置法」。「復興支援」の大義名分による、自衛隊のイラク派兵を実現するために特措法として登場した。その実態は米英占領軍の片棒かつぎであり、憲法をないがしろにした「戦闘地域」への本格的な派兵として記憶される。派兵は二〇〇四年初頭から実行され、二〇〇六年には撤収過程に入った。

石川淳（一八九九――一九八七）――作家。東京・浅草生まれ。東京外国語学校でフランス文学を学ぶ。一九三六年、『普賢』で芥川賞受賞。一九三八年に『マルスの歌』を掲載した『文學界』一月号が発禁となり、以後は江戸戯作的な韜晦《とうかい》によって戦時下の時局に迎合しない姿勢を貫いた。戦後は旺盛《おうせい》な創作力によって次々と傑作を放ち、独特の歴史的想像力とアナーキーな精神を多彩な作品にこめた。

反動の拡大と自由の縮小

ノーム・チョムスキー*と、私は二〇〇二年一月にボストンでお会いしましたが、そのときも『マルスの歌』のことを考えました。なぜ考えたかというと、アメリカには一般にこういう趣がないからです。メタファーや隠喩《いんゆ》を意識的に排するというのか、チョムスキーも、そういう情緒をまったく感じさせない、鉈《なた》で矛盾をぶち切るような人物でした。

ちょっと脱線しますが、チョムスキーとの会見は、一時間とちょっとの短いものでした。頭脳明晰《めいせき》で、抜群に記憶力のいい人です。でも私は彼に、剛直な論理のつよさを見たものの、思弁性や哲学、それから内面的な奥行きをあまり感じませんでした。私の偏見かもしれません。彼は当初から、私を見てむかついていたようです（笑）。私は、スポンサーとしては、プレイボーイ・インターナショナルのお金で行ったわけです。彼は、女性の裸の載っている『プレイボーイ』みたいな雑誌を生理的に嫌っているような感じがしました。それからもう一つは、日本の作家へのややステレオタイプな軽蔑《けいべつ》があったかもしれません。

いずれにせよ、『マルスの歌』のような陰影に満ちた表現は、当然ながらチョムスキーの言葉にはあまり感じませんでした。『マルスの歌』の表現には墨絵のような濃淡の妙がある。よかれあしかれ、日本文学ならではの微妙な味わいです。では、『マルスの歌』は私たちが誇るべき反ファシズムの文学的な達成なのでしょうか。私はそう簡単にはうなずけないのです。見事にファシズムを表現することによってファシズムに抵抗したといえなくもないこの作品が、やはり日本的な思想風土を引きずっているように思えてならないからです。あるいはその達成こそが、日本におけるファシズム批判すなわち言説全般の限界を表していると感じるからです。限界とは、明快かつ剛直に、ストレートに頑強にファシズムと闘えないこと。つまり、物理的にもファシズムまたは鵺《ぬえ》的フアシズムに抗《あらが》えないこと。ここに、歴史的にも明らかな限界があるし、逆にいえば、ファシズム受容の風土と伝統がこの国にはある。
ノーム・チョムスキーは私に、まさに鉈でぶち切るように、こんなことを語りました。――戦後日本の経済復興は徹頭徹尾、米国の戦争に加担したことによるものだ。サンフランシスコ講和条約（一九五一年）はもともと、日本がアジアで犯した戦争犯罪の責任を負うようにはつくられていなかった。日本はそれをよいことに米国の覇権の枠組みのなかで、「真の戦争犯罪人である天皇のもとに」以前のファッショ的国家を再建しようとした。一九三〇年代、四〇年代、五〇年代、そして六〇年代、いったい日本の知識人のどれだけが天皇裕仁を告発したというのか。あなたがたは対米批判の前にそのことをしっかりと見つめるべきだ――。陰影も濃淡も遠慮会釈もここにはありません。あるのはよけいな補助線を省いた恥の指摘でした。『マルスの歌』のような手法など通用しないのです。

　再び記憶を整理したいと思います。二〇〇六年の一月までに自衛隊は五回も本隊をイラクに派遣した。そしていまや憲法改悪のために国民投票法*が国会上程される動きがある。教育基本法改悪*の動きもある。共謀罪*を成立させようとする動きもある。まちがいなくといったら怒られそうですが、やられるでしょう。幾何級数的になにか悪いものが拡大し、増殖している。しかし、ほんとうのことをいうと、だれも命を賭《か》けてまで抵抗なんかしてはいないと、私は思います。「私はしているよ」という人がいるかもしれない。でも、私にはそう思えないのです。垢《あか》まみれの言葉でいえば、いまや反動が際限なく拡大している。国家が人の内面に平気で入りこんできている。人の眼つき、表情、声音がどうもおかしい。光の波動、屈折ぐあいが尋常ではない。なにかが増殖していくとともに、われわれの内と外の自由の領域、自由の空間が加速度的に小さくなった。そう私は感じるのです。

じつに大ざっぱですが、いまお話ししたことで、この二年一ヵ月のクロノロジカルな整理はついたと思います。つまり、私は二〇〇四年の春に倒れましたが、それ以降、私や皆さんをとりまく世の中の空気がよくなったかというと、そうではなくて、なにかとても悪いものがものすごい勢いで進行してしまった。私は十年ぶりで旅先から帰ってきたように、いま感じています。ただ、私はきょうそれをいいにきたわけではないのです。私はガンにもなりました。そして医者にずいぶん質問をしました。まことに愚問だと思うのですが、「先生、このガンっていつごろできたのでしょうね」と。すると、育ちのよさそうな先生は眉《まゆ》をくもらせていいます。「そんなことを医学的に調べることは倫理にもとることです。発生時期を突きとめるよりも、ガンだとわかった時点で治さなければならないからです」。どうも、私の質問にきちんと答えているとは思えない。そこで、ものの本を調べてみると、ガンというのは臨床的にガンだとわかるまでに二十年もかかるケースもあるということが書いてありました。ずいぶん時間のかかることなのですね。「ああそうか、ファシズムと同じだな」と私は思ったりしたのです。そして、ガンについては私が考えても詮《せん》ないことなのだ、ということは納得しました。ただ、ファシズムの進行、反動の波動がつよまっていく速さ、あるいはわれわれの内面の自由が縮小していく速度、これは悪性進行ガンのようにずいぶん速まっているのではないか。私が倒れていた二年一カ月分どころではなく、少なくとも十年分ぐらいなにかが進んでしまったと思うのです。私が一時興味をもって読んでいたある思想家がいったことがあります。とても頭のいい人です。「日本にはもうファシズムはこないよ。なんとならば、すでにファシズムだからだ」と。その人のなかで最も卓抜なユーモアだと思います。

『自分自身への審問』という本を、私は書きました。最終章はすべて病院で書きました。ああいう本の書き方をしたのははじめてです。なぜ書いたかもわからないのです。書いたというよりはなにかに突き動かされて書かされたような感じがしています。最終章で書きたいことはたくさんありました。きょうも申し上げたいことはたくさんあるわけですが、おそらく万分の一もいえないのではないかと思います。ただ、なんとか試みてみたいのです。二年一カ月の不在、その間に私がなにを鬱々《うつうつ》と考えていたのか、あの拙い本でなにをいいたかったのか。それを口で喋《しゃべ》ることとぐらい、作家にとって愚かなことはないでしょう。それを書いているのではないかといわれればそのとおりなのですが、拙くて伝えきれていないという思いが私にはあります。ずいぶん書評もでたようです。私はあまり読みませんが、たまに眼にすると、「へえ、こんなことかな」という気がするのです。つまり、幸か不幸か私の意図はいいあてられなかった。多くは、かすりもしなかった。

ノーム・チョムスキー（一九二八――）――アメリカの言語学者。諸言語に共通する普遍的な規則が人間には生得的に存在するという考えに基づき、生成文法理論を提唱。二〇〇一年にアメリカ合衆国で起きた同時多発テロ事件以降、積極的に政治的・社会的発言を行う。合衆国世論からの批判を受けつつも、合衆国のアフガンやイラクへの侵攻を強権行使として弾劾し、みずからの政治的信念を臆《おく》さず表明し続けている。

国民投票法案――憲法「改正」の手続きは憲法九十六条が規定しており、国民投票法はそれを具体的に定めた手続き法。二〇〇四年、自民党・公明党が「日本国憲法改正国民投票法案骨子（案）」を作成し、改憲への動きは加速した。二〇〇七年五月十四日に「憲法改正国民投票法」として成立。

教育基本法改悪――教育基本法は戦後の日本の教育制度の基本理念を示した法律。日本国憲法の理念を実現することを前文に明記している。改悪の眼目は道徳心や愛国心を国民に強制するなどきわめて国家主義的であり、憲法改悪の流れとも連動する。戦争遂行国家に奉仕する人づくりに向けて、教育再編が目論まれている。

共謀罪――実行為や結果がなくとも、犯罪の合意が存在したとみなされただけで、六百十九もの処罰が成立する新しい犯罪類型。名目は「越境組織犯罪」防止だが、個人の内心・思想を公権力が取り締まるという「現代の治安維持法」的な性格を持ち、近代刑法の理念をも破壊すると言えよう。

2　憲法と恥辱について

人間であるがゆえの恥辱

私があの本のなかで書きたかったことは、一つは恥ということです。恥辱ということです。恥の問題は私が死ぬまで引きずるテーマになるでしょう。私は、ユダヤ系イタリア人の科学者で、プリーモ・レーヴィ*という人が好きです。というより、無関心でいることができない。どうしてこういうテキストが日本という国には存在しないのかと、何度も何度も思いました。倒れてからもまた、つくづく思いました。この国はアジアで二千万人もの人々を殺しておきながら、じつはそれを徹して内省し掘り下げた普遍的なテキストをまったくもっていない。もっていないどころか、つくらせないようにし、負の歴史を塗りかえ、居直ってもいる珍しい国です。

プリーモ・レーヴィのテキストは、絶対に読まざるをえないものです。心臓をわしづかみにして離さないものです。彼がいっていることの芯《しん》のところは、彼のアウシュヴィッツでの経験を語った言葉ですけれども、「人間であるがゆえの恥辱」ということです。強制収容所のなかで生活をさせられたときに見た地獄、人の裏切り、人の背信、人の屈従、人の隷属、人の卑劣、際限のない堕落。レーヴィはそれらと直面させられた。そして人間がなにかに対していだく恥ずかしいという気持ちを、自分が人間であること自体に感じた。

難しい言葉ですが、日本語に「愧死《きし》」という言葉があります。深く恥じて死ぬ、恥のあまり死ぬ、という意味です。「慚死《ざんし》」ともいいます。愧死する。慚死する。ほとんど死語ですが、そういう言葉があります。プリーモ・レーヴィはおそらく愧死したのではないかと、私は想像したりもします。

もう一つレーヴィがいったのは、「グレーゾーン」という言葉です。倫理上、深い考察に値する領域です。これは吉本隆明さんの言葉ですけれども「非善非悪地帯」。善でもなければ悪でもない領域。あるいは灰色の、ファジーな中間領域というわけです。ほとんど無意識の透きとおった罪ないし半透明の罪ならぬ罪がここにひそんでいるかもしれない。私の言葉でいえば、明示的ではない、日常生活のなかの中間色、あるいは保護色に隠れた恥辱ということです。私はそうした日常化して視えなくなってしまった罪と恥をいまつよく意識していま す。「今きみが語っているその語りかた、それが倫理だ」とジョルジョ・アガンベンは表現しています(「思考の終わり」高桑和巳訳)。なにげない語り口に、罪ならぬ罪も、恥ならぬ恥も、そこはかとなく滲《にじ》むものです。私はいま、それをつよく意識せざるをえない。他者にも自己にも。

資本や市場、またそれらの潤滑油でしかないマスメディアにまつわること、そのなかにじつはもっとも深い恥辱がある。そんなことはないという人もいるかもしれない。しかしそれは恥辱のただなかにまみれているからです。この国ぐらい恥辱のなかにまみれている国はない。私たちの語り口には、恥などつとにうちすてた者のもつ、独特の無感動、ふてぶてしさ、シニシズムがある。先日、この国の著名な詩人が、生命保険かなにかのテレビCMのために自作の〝詩〟を寄せているのを知りましたが、これなども言葉というものへの害意なき犯罪、ないし言葉の資本への恥ずべき全面降伏という気がします。それは、そらぞらしく美しい人間賛歌の体裁ながら、単なる資本賛歌にすぎません。詩人もまた資本の使徒になりつつあるのです。一見、麗《うるわ》しく、賢《さか》しげで、そのじつ、舌も腐るような、どこまでも荒《すさ》んだ語り口。が、みんながまみれてしまえば、どこにも恥辱なんてありはしないわけです。まったく、ハルミさんのように私もいっそ緘黙《かんもく》したくなります。

　きょうおそらく、私の親友の一人である在日コリアンもいらっしゃっているかと思います。私は彼女にずいぶん教わりました。とりわけ、この国の者たちの歴史に関する驚くべき無恥、無知。重篤《じゅうとく》な健忘症。朝鮮半島、中国でくりひろげてきた、ほとんど名状が困難なほどの犯罪。あるとき、彼女は「一部の日本人政治家はかつての朝鮮総督府官僚のような発想をいまだにもっている」と語りました。聴いていて私はハッとしました。皇民化政策*も創氏改名*も「日帝三十六（三十五）年」も朝鮮教育令*も朝鮮人強制連行*も忘れさり、忘却することで過去に居座る。恥知らずなみずからの尊大さにも気づかない。そうした空気が知らない間に蔓延《まんえん》している。人というものの恥辱、忘却するということの恥辱。そのこともグレーゾーン、それから人間としての恥辱に深くかかわることのような気がします。が、恥はこの国の全域に蔓延してしまったので、どこがどう恥ずかしいのか、罪深いのかがますます視えにくくなっているようです。

テレビのバラエティショーかなにかを、口を半びらきにして見ている。すると突然、ほんの一刹那《いっせつな》、「ああ、恥ずかしいなあ」と思う。一瞬の人間的な蘇生《そせい》、一刹那の覚醒《かくせい》。それはおそらくわれわれが人間だからなのです。恥の感覚というのは、そういうものです。でも、すぐに数秒にして周りの空気に打ちまかされる。同化してしまいます。そしてまた、テレビからもれるあの含み笑い。グルメ番組。くだらない解説。CM。みんながテーブルに一列に並んで、世の中についてこもごも喋《しゃべ》る。弁護士が、よくこんな暇があるなというくらい登場する。国会議員が朝から晩まででている。あれも恥だと思います。口を開けて見ているぼくも恥だと思うのです。恥辱というものは、そういうものです。それにとりまかれれば、恥ずかしくもなんともなくなってしまう。日常のなにげないルーティンは、仔細《しさい》に見れば、恥辱に満ちています。それを養分にして、今風のファシズムが着実に育っている。

プリーモ・レーヴィ（一九一九―一九八七）――イタリアのユダヤ系化学者。第二次世界大戦中、アウシュヴィッツ強制収容所に送られた経験を持つ。極限状況とも言える収容所の中でも、囚人たちの間に日常世界と同様の支配―被支配関係が成立している事態を目の当たりにして、人間に対する根源的な恥辱の感覚を抱き、戦後、そのことを詳細に証言した。一九八七年自殺。

皇民化政策――日本の植民地統治下で朝鮮人を戦時動員体制に組み込むためにとられた一連の政策。朝鮮人の民族性を抹殺し、日本への同化を強制した。満洲《まんしゅう》事変から日中戦争へと侵略戦争が拡大するとともに、朝鮮人を「皇国臣民」たらしめようとする「内鮮一体」が唱えられるに至る。

創氏改名――朝鮮人から固有の姓を奪い日本式の名前に変えさせた政策。皇民化政策の一環であり、他民族への天皇制支配を体現する蛮行と言える。一九三九年、朝鮮民事令改正という形で公布され、四〇年から施行された。

朝鮮教育令――日韓併合の翌年一九一一年に朝鮮総督府は第一次朝鮮教育令を公布

し、教育勅語の精神に基づき、日本語教育を柱とする公立学校普及計画を実施。一九二二年の第二次教育令で皇民化教育をさらに推し進め、日中戦争後一九三八年の第三次令によって学校教育においては朝鮮語が実質上廃止された。

朝鮮人強制連行——戦時体制突入以降、国内の労働力や軍要員不足を補うために、日本は国策として朝鮮人、中国人を強制的に連行して、各地の炭鉱、兵器廠《へいきしょう》などで苛酷《かこく》な労働に従事させた。酷使のなかで死亡した者も多く、逃亡や反抗、蜂起《ほうき》も多発した。近年の体制側メディアにおいては「強制連行はなかった」という言説が平然とまかり通っている。

戦後最大の恥辱

私は人としての恥辱についてもっと語りたいのです。おそらく戦後最大の恥辱といってもいいくらいの恥辱、汚辱……そうしたものが浮きでた、特別の時間帯があった。そのとき、私たちの多くは、しかし、だれも恥辱とは思わなかった。が、恥を恥とも感じないことがさらに恥辱を本質的に倍加させる。ひょっとしたら、それは私の脳出血に関係するかもしれません。私はカーッとしました。「これをただ聞きおくとしたら、思想も言説もまともに生きてはいられないはずだ」と思いました。それはいつ起きたか。忘れもしない二〇〇三年の十二月九日です。名前を口にするのもおぞましいけれど、コイズミという一人の凡庸な男がいます。彼が憲法についてわれわれに講釈したのです。まごうかたない憲法破壊者が、憲法とはこういうものなのだ、「皆さん、読みましたか」とのたまう。二〇〇三年十二月九日、自衛隊のイラク派兵が閣議決定された日です。コイズミは記者会見をして憲法前文について縷々《るる》説諭した。こともあろうに、自衛隊をイラクに派兵するその論拠が憲法の前文にある、といったのです。およそ思想を語る者、あるいは民主主義や憲法を口にする者は愧死してもいい、恥ずかしくて死んでもいいほどの、じつにいたたまれない日でした。いやな喩《たと》えだけれど、それは平和憲法にとっての「Day of Infamy」でした。

二つの意味で屈辱的でした。最悪の憲法破壊者であるファシストが、まったくデタラメな解釈によって、平和憲法の精神を満天下に語ってみせたということ。泥棒が防犯を教えるよりもっと悪質だと私は思います。ナチスとワイマール憲法の関係を私は想起したほどです。ナチスはただ単純な憲法破壊集団ではなかった。一応は憲法遵守を偽装し、「民主的」手つづきで独裁を実現しようとしてワイマール憲法四十八条の大統領緊急令を利用したり、全権賦与《ふよ》法案を議会でとおすなかで独裁を完成していく。つまり、ワイマール憲法の権威をいっときは利用もし、世論を巧妙に欺《あざむ》いた。いうまでもなく、これと日本の現状を比較するのには明らかな無理がありますが、コイズミ的なるものへの世論の無警戒には、なにやら過去の恥ずべきぶりかえしを見ざるをえません。これが第一番目です。

二つ目、コイズミの話を直接聞いていたのはだれだったのか。政治部の記者たちです。彼らは羊のように従順にただ黙って聞いていた。寂として声がない。とくに問題にもしなかった。翌日の新聞は一斉に社説を立てて、このでたらめな憲法解釈について論じたでしょうか。ひどい恥辱として憤激したでしょうか。手をあげて、「総理、それはまちがっているのではないですか」と疑問をていした記者がいたでしょうか。いない。ごく当たり前のように、かしこまって聞いていた。ファシズムというのは、こういう風景ではないのか。二〇〇二年に私がだした『永遠の不服従のために』(毎日新聞社刊、講談社文庫)という本で書いたことがあります。やつら記者は「糞《くそ》バエだ」と。友人のなかには何度も撤回しろという者もいました。でも私は拷問にかけられても撤回する気はない。糞バエなのです。ああいう話を黙って聞く記者、これを糞バエというのです。ただし、糞バエにもいろいろな種類がある。おそらく百種類くらいいるのではないかと思うのです。糞バエにも受容できる糞バエがある。女性の裸専門の雑誌に書いて、ブンブンとタレントにたかりついている糞バエ。私は彼らの悲哀をわかります。フリーランスの記者が、ものかげに隠れて何時間も鼻水を流しながら、芸能人の不倫現場をおさえようとする。それは高邁《こうまい》な志はないかもしれない。でも、生活のためにそれをやっている。私はそれをかばいたい気がします。許せないのは、二〇〇三年十二月九日、首相官邸に立って、あのファシストの話を黙って聞いていた記者たち。世の中の裁定者面をしたマスコミ大手の傲岸《ごうがん》な記者たち。あれは正真正銘の、立派な背広を着た糞バエたちです。彼らは権力のまく餌と権力の排泄《はいせつ》物にどこまでもたかりつく。彼らの会社は巨額の費用を投じて「糞バエ宣言」ならぬ「ジャーナリスト宣言」などという世にも恥ずかしいテレビ・コマーシャルを広告会社につくらせ、赤面もしないどころか、ひとり悦に入っている。ＣＭはこういう。「言葉に救われた。言葉に背中を押された。言葉に涙を流した。言葉は人を動かす。私たちは信じている、言葉のチカラを。ジャーナリスト宣言」。これはまさにブラック・ユーモアです。あるいは、ジョージ・オーウェル*の『一九八四年』にでてくる「ニュースピーク」や「ダブルシンク」の日本版です。言葉を脱臼《だっきゅう》させ根腐れさせているのは、なにも政治権力だけではない。マスメディアが日々それをやり、情報消費者にシニシズムを植えつけている。あれをもっとも憎むべきだ、軽蔑《けいべつ》すべきだと私は思っている。しかしみんながそうだから、脱臼した言葉のなかで暮らしているから、糞バエでも恥知らずに生きていける。われわれも糞バエになればいいわけです。コイズミがなにをしようが、憲法前文についてどういおうが、「そうですか」と。あるいはちょっとシニカルに「ああ、あんな人だからね」と。でも、一瞬の蘇生《そせい》というものがあるではないか。一刹那《いっせつな》の覚醒《かくせい》というものがあるのではないか。

ジョージ・オーウェル（一九〇三――一九五〇）――イギリスの作家。税関吏の子としてインドに生まれる。ビルマで警察官になったが、イギリスの植民地支配の実情に嫌悪をいだいて辞職、作家を志す。全体主義体制下で人々の身体性や共同性、人間的な感情が収奪されてゆく戦慄《せんりつ》的な様を、『一九八四年』で描いた。オーウェル『一九八四年』的状況については、辺見庸『永遠の不服従のために』所収「二重《ダブル》思考《シンク》」でも語られている。

諾うことのできない時代

こうした文脈で登場していただくのはまことに恐縮ですが、岩田正*さんという立派な歌人がおられます。一九二四年生まれですから、私よりも二十年も先輩の方です。静謐《せいひつ》な、深い歌をつくります。たとえば、「こゑのみでひとのかなしさ知る茶房背中あはせの顔は見えねど」。すばらしい歌です。声をひそめざるをえない哀しみが情景に埋まっていて、それぞれの人びとの居ずまい、息づかいまでわかります。この歌人が一九九九年ごろだったと思いますが、『文藝春秋』という雑誌に歌を発表したのです。忘れもしません。暗記もしてしまいました。作品の巧拙を超えた、それはじつに直截《ちょくせつ》な歌です。いわゆる正統な短歌とはいえないかもしれない。きっと彼は怒ったのです。私はこの岩田正さんは恥を知る、廉恥《れんち》心の持ち主だと思うのです。さきほど申しあげたマスコミ人とは、いわずもがな、大ちがいです。彼はなんと歌ったか。こうです。「九条の改正笑ひ言ふ議員このちんぴらに負けてたまるか」。もう一度ご紹介します。「九条の改正笑ひ言ふ議員このちんぴらに負けてたまるか」。「議員」というのは国会議員でしょう。こばかにしたようにヘラヘラ笑いながら憲法第九条などもう変えたほうがよい、軍隊保持は世界の常識ですよ……とかなんとか若手議員がテレビかなにかで揚言《ようげん》する。嗤笑《ししょう》しつつ、あるいは、ふくみ笑いしながら、いかにもわかったようなことをいう。それに激怒したのではないでしょうか。「寝床にてする回想のたどきなし潮の香ひとの香貧の香まじる」。こんな深く静かな歌を詠む方が、怒った。人がほんとうに腹の底から怒ったら、どうしたって瞬時、顔が醜くなる。声も汚くなる。それはいたしかたのないことだな、いや、必要なことだなと私は思うのです。かっこよくなんかふるまっていられないときというのがある。

『自分自身への審問』のなかで私はブレヒト*の詩について繰り返し書きました。ブレヒトの「のちの時代のひとびとに」という詩にこうあります。「とはいえ、無論ぼくらは知っている、／憎悪は、下劣に対する憎悪すら／顔をゆがめることを」。憎悪というものは、本当に腹の底から憎んだら顔を歪《ゆが》めてしまうのだ、と。「憤怒は、不正に対する憤怒すら／声をきたなくすることを」。どうしても受けいれることのできないときというのがあるものだ。そんなときには声を荒らげてしまう。しかたがないではないか。ブレヒトはそういう。なんとしても諾うことができないことがあるのです。諾うという言葉は、「受けいれる」というだけではない、「服従する」という意味もあります。どうしても諾うことができない、そういう時代がいまきているのではないかと私は思うのです。そんなとき、岩田正さんはかならずしも端正ではない歌をお詠みになった。それが彼の語り口の倫理ではなかったかと私はうがって考えたりもします。おそらく彼はどうしても諾うことができなかったわけであります。

一九九九年、あれは「新しい日米防衛協力のための指針」（新ガイドライン）*や盗聴法*や国旗国歌法*、改正住民基本台帳法*などが一気に決まっていった年です。いまよく新聞は号外をだしますが、特別委員会で有事法制がきまったとき、あるいは国旗国歌法がきまったとき、そういう際に号外をだしたことがありますか。ないはずです。サッカーや皇室の人間のおめでた、連続殺人容疑者の逮捕などでは号外がだされたりしますが、真に人びとの命運を左右するような重大局面ではマスメディアはきまって肯綮《こうけい》を外して、目くらましのようなことをする。たぶん、マスメディアひいては国家権力というものの、「無意識的故意」のはたらきがここにある。

さて、コイズミが記者会見をして憲法前文について説諭した話にもどります。

「日本国民は、正当に選挙された国会における代表者を通じて行動し、われらとわれらの子孫のために、諸国民との協和による成果と、わが国全土にわたつて自由のもたらす恵沢を確保し、政府の行為によつて再び戦争の惨禍が起ることのないやうにすることを決意し、ここに主権が国民に存することを宣言し、この憲法を確定する。そもそも国政は、国民の厳粛な信託によるものであつて、その権威は国民に由来し、その権力は国民の代表者がこれを行使し、その福利は国民がこれを享受する。これは人類普遍の原理であり、この憲法は、かかる原理に基くものである。われらは、これに反する一切の憲法、法令及び詔勅を排除する。

日本国民は、恒久の平和を念願し、人間相互の関係を支配する崇高な理想を深く自覚するのであつて、平和を愛する諸国民の公正と信義に信頼して、われらの安全と生存を保持しようと決意した。われらは、平和を維持し、専制と隷従、圧迫と偏狭を地上から永遠に除去しようと努めてゐる国際社会において、名誉ある地位を占めたいと思ふ」

憲法前文のもっとも大事なパラグラフであります。これを、あのコイズミという男は故意にそっくり省いた。「憲法をよく読んでいただきたい」と、いかにも自分が憲法尊重者であるかのように胸を反らせて、彼が読みあげたのは、その次からです。

「われらは全世界の国民が、ひとしく恐怖と欠乏から免かれ、平和のうちに生存する権利を有することを確認する。

われらは、いづれの国家も、自国のことのみに専念して他国を無視してはならないのであつて、政治道徳の法則は、普遍的なものであり、この法則に従ふことは、自国の主権を維持し、他国と対等関係に立たうとする各国の責務であると信ずる。

日本国民は、国家の名誉にかけ、全力をあげてこの崇高な理想と目的を達成することを誓ふ」

岩田正（一九二四——）——歌人。文芸評論家。一九四六年『まひる野』創刊に参加、同時に『人民短歌』で活躍する。一九五六年、歌集『靴音』を発表。一九六八年の『抵抗的無抵抗の系譜』で、自然主義批判の立場から戦後短歌の系譜を論じた。著書に『土俗の思想』『釈迢空』『泡も一途』など。一九七八年に妻の馬場あき子と『かりん』を創刊。

ベルトルト・ブレヒト（一八九八——一九五六）——ドイツの劇作家・詩人。マルクス主義の立場からファシズムを痛烈に批判した。「のちの時代のひとびとに」に見られるように、その批判はたんに道徳的・教条的なものではなく、むしろ、人間という存在の根源にある情動や感覚を激しく揺さぶり、鮮烈な印象を刻み込むものだった。代表作に『三文オペラ』『肝っ玉おっ母とその子どもたち』『ガリレイの生涯』など。

新ガイドライン——一九九七年、日米安全保障協議会で合意。基本は、日米軍事協力のより一層の緊密化で、特に「周辺事態」に対処する米軍への、日本の後方支援・協力が取り決められ、九九年の「周辺事態法」など関連法成立で法整備もなされた。

盗聴法――盗聴法こと「犯罪捜査のための通信傍受に関する法律」は、これまで非合法であった捜査当局による盗聴捜査を認める法律。事前盗聴、別件盗聴も認めるなど警察の犯罪捜査手法は大きく変わり、日本は米国型治安監視国家へと大きく踏み出した。「組織的犯罪対策法」の一つとして、「組織犯罪集団」への警察の盗聴を合法化したものだが、恣意的《しいてき》捜査で市民のプライバシーが侵害されることへの危機感から広範な反対運動が展開された。

国旗国歌法――以前から学習指導要領により、文部科学省、教育委員会、学校長の圧力で「国旗掲揚」「国歌斉唱」は教育現場で半強制的に実施されてきたが、同法によって「日の丸・君が代」は正式に「国旗・国歌」と制定された。拒否した教員に対しては教育委員会が処分を濫発し逮捕者も出ている。

改正住民基本台帳法――住民基本台帳法改正による住民基本台帳ネットワークは、国民一人ひとり住民票コードを与え、氏名、住所、性別、生年月日を全国的に一元管理する。この住民票コードがマスターキーとなって、あらゆる情報が集約されていくことにより、市民の生活は丸裸にされる。

罪ならぬ罪の恥辱

彼はここを読み上げました。胸の内ポケットからメモを取りだして、側近に知恵をつけられたのでしょう、ここだけを読み上げたわけです。すなわち、それをもって自衛隊イラク派兵の法的根拠とした。靖国とブッシュとプレスリーをこよなく愛する、好戦的デマゴーグが、憲法前文を付会して派兵の論拠とする。記者団はこれに手を挙げて質問もしない。これに反対する社説も書けない。それがジャーナリズムでしょうか。これに無言でいられることを、私は人間としての恥辱だと思うのです。あれに耐えられるのだったら、メディアに関係する者はどんな恥辱にでも耐えられるでしょう。いや、すでに幾重にも恥辱にまみれ、恥辱とはなにかさえわからなくなっている。

こんな話にプリーモ・レーヴィを引用するのは、ちょっとそぐわないかもしれません。でも無理に敷衍《ふえん》すれば、「人間としての恥辱」、それは強制収容所にだけあったわけではない。われわれが学ぶべきそのテキストは、アウシュヴィッツにあっただけではない。じつは、いま現在のこの風景のなかに、あるいはもっとひどい恥辱が埋まりこんでいるような気がするのです。

私は何度もコイズミを「ファシスト」といいました。ただし、ウンベルト・エーコが指摘したように「ファシズムには、いかなる精髄もなく、単独の本質さえありません」というコンテキストで、彼はそぞろ虚しいファシストなのです。私はコイズミに会ったことがあります。なにを話したか、なにを問うたかも忘れました。まだ新聞記者一、二年生ぐらいのころ、横須賀で彼を取材しました。立候補した彼は、私の記憶では、格別の印象も残らない、眼に輝きのない、なんだかペロリとした顔の青年でした。原稿を書いたかどうかも憶《おぼ》えていない。それが使われたかどうかも憶えていない。当時は、「親の七光り」とか「お坊っちゃま」とか、そういう言葉でごく軽くあしらわれていたのです。いま私が彼をファシストということの是非など、たいしたことではない。ほんとうの問題は、われわれの躰《からだ》の外にある、コイズミ的なファシストのことではないのです。そうではなくて、コイズミ的なものを受容するわれわれの躰のなかのファシズムについていいたいのです。それを恥とも思わないファシズムについて語りたいのであります。

『抵抗論』第二章「憲法、国家および自衛隊派兵についてのノート」、これを私は必死で書きました。これを書かせたのは、さきほどお話ししたようなでたらめな記者会見への怒りでもあったのです。「まさに今、日本がどのようなイラク復興支援に取り組むか、それは憲法の前文にあるように、『日本国の理念』『国家としての意思』が問われているんだと思います。『日本国民の精神』が試されているんだと思います」。昂揚《こうよう》した面持ちで彼はそういいました。「国の理念」「国家意思」それから「日本国民の精神」。この三つの御託が、戦争ではかならず煽動《せんどう》される。大学をでた糞《くそ》バエたちが、よくもまあ黙っていたものです。問題は私たちの外側にある、たんに強権的なファシズムではない。それを自然に受容する私たちの内側にあるファシズムではないかと思うのです。「われらは、これ（平和憲法の原理）に反する一切の憲法、法令及び詔勅を排除する」と前文はうたっていますが、反憲法的法令を多数こしらえたのがコイズミたちです。彼らはだれの眼にも明らかな憲法九十九条（〈憲法尊重擁護の義務〉天皇又は摂政及び国務大臣、国会議員、裁判官その他の公務員は、この憲法を尊重し擁護する義務を負ふ）違反者です。ならば、ひとこと首相に反論があって当然だったのです。それが、ない。病んだ羊のような眼をして記者たちは拝聴していたのです。

逆に、すべてにつうじる万能の護符のように、憲法をかかげたのはだれでしょう。コイズミです。ワイマール憲法下のナチスは、どんな悪政でもできました。あの立派な憲法下にありながら、多くの例外的緊急規定をもうけて、政党の弾圧も自国民の抑圧も、好きなようにできた。じつは憲法のなかにはいくらでも抜け道がある。思えば、日本の闘わない護憲主義者たちも万能の護符のように憲法を語ってきたのではないでしょうか。その憲法のために小指の先から血を一滴流すこともしない護憲学者たち、あるいは自称文化人たち。彼らは糞バエの同伴者ではないかとすら私は思います。九条のみならず、憲法はいまや、ほとんどの条項にわたって、ぼろ布のように破壊されている。それなのに護憲学者たちは憲法をあたかもまだ健常体であるかのごとく語っている。彼らは有事法制反対にも自衛隊派兵反対にも起《た》ち上がらず「困ったものです」とリベラル面をして嘆いてみせる。せいぜいが反対署名に名をつらねたり、新聞広告でやはりたくさんの識者、著名人の一人として、どこか権威をにじませながら、お上品で弱々しいアピールをする程度。最後はめでたく受勲したりして相好をくずす。いわゆるリベラルな学者も文化人とやらも。だれからも指弾されることのない、むしろ祝福されるかもしれない行為のうちにひそむ罪ならぬ罪。明証的ではない罪。これこそがむしろより深い恥辱ではないのか。

平和憲法下の恥辱

「平和憲法のおかげで戦争によって他国の人を一人として殺さないですんだ」と彼らはよくいいます。この語り口にもこの国の恥辱と卑劣さが集約されています。冗談いわないでくれ、恥ずかしくないのか、と私は思う。嘘つけよと思う。九条があったって、すでに派兵もしたし、なんでもできたではありませんか。

朝鮮戦争はすさまじい戦争でした。第二次大戦後としては例を見ない激しい戦闘の結果、韓国軍は約二十万人、米軍は約十四万人、国連軍全体では三十六万人が死傷した。一方、米国側の推計では、北朝鮮軍が約五十二万人、中国義勇軍は約九十万人が死傷したとされており、毛沢東主席の二人の息子も戦死した。民間人の犠牲者は百万人とも二百万人ともいわれ、一説には全体で四百万人の犠牲者がでたという。想像を絶する規模です。私は倒れる前の年に韓国に行き、ソウルで戦争記念館を見学しました。たくさんの実写映像を見ました。犠牲者数のおびただしいことに、いまさらながら驚いたわけです。正直、足がすくみました。たくさんの民間人も虫けらのように殺されている。半島の山河の形が変わるほど爆撃して、朝鮮の人々を殺した米軍機はどこから発進したか。平和憲法下の日本からです。そして日本では目立った反戦運動もなく、隣国の戦火を大いに利用してもっぱら金かせぎをする。朝鮮特需で大もうけをしたわけです。

平和憲法下の日本の実相。このことも、ノーム・チョムスキーにずいぶん難じられました。私が「日本は憲法を改悪しようとしている」というと、あの言語学の世界的泰斗は、フフンと鼻のさきで笑いました。私はやや不快でした。でも、彼はこういう。「憲法改悪はたしかに由々しいことではあります。しかし、五十年にもわたってアジア地域での（米国の）戦争に貢献してきたことに較べたら、ささいな問題です」と。なんとなれば、「戦後期の日本の経済復興は、徹頭徹尾、アジア諸国に対する戦争に加担したことによっている。朝鮮戦争までは日本経済は回復しなかった。朝鮮に対する米国の戦争で、日本は供給国になった。それが日本経済に大いに活を入れたのです。ベトナム戦争もまたしかり。米兵の遺体を入れる袋から武器まで、日本はあらゆるものを製造し、提供した。そしてインドシナ半島の破壊行為に加担することで国を肥やしていったのです」という。そうした犯罪行為に較べれば憲法改悪は「ささい」ともいえると語ったわけです。彼から見たら、憲法の改悪なんてどうということはない。それよりも現実に戦後日本が米国の戦略的枠組みのなかでしてきたこと、それは憲法の破壊以上ではないか。恥ずかしくはないのか。彼はそういいたかったのでしょう。

それから、彼ははっきりと述べました。「他人の犯罪に眼をつけるのはたやすい。東京で『米国人はひどいことをする』というのは簡単です。日本の人たちがいましなければならないのは、鏡をのぞいてみることです」。口調はあくまで静かでしたが、チョムスキーのもののいいにはうっすら侮蔑《ぶべつ》がこもっているように私は感じたものです。憲法、憲法といいたてるあなたがたは、いったい、これまでなにをしてきたというのか……。そのときに、石川淳が一九三八年に書いたような、あの墨の濃淡のような、淡い陰影に満ちた表現などすっ飛んでしまったような気がしました。石川淳はものごとを晦冥《かいめい》に表現して、ファシズム描写に奥行きをあたえたようですが、果たしてそうだったのか。あれは、晦冥のめくらまし、主体の逃亡ではなかったのか。日本の言説とは常に主体の敵前逃亡の面がある。われわれは天皇裕仁を、われわれの言説として真に主体的に断罪したことはなかった。おそらく、われわれの言説として主体的に彼を擁護したこともなかった。右も左も、彼の存在を利用するだけだったのではないでしょうか。とりもなおさず、恥ずべきファシズムと自発的に手を切ったことは一度もなかった。だから、コイズミの言葉も自然に受けいれてしまうのです。

ファシストを飼っていることの恥

ベトナム戦争においても、米軍の主要な兵站《へいたん》基地は日本でした。私はそのころ、ある通信社の横浜支局にいました。市長は飛鳥田という人でした。私たちは毎日徹夜しました。なぜかというと、米軍のM48戦車をベトナムに輸送する道路に、学生や労働者や、あるいは普通の生活者たちが集まって、阻止線を張ったり、バリケードをつくったりして止めようとしたのです。一九七二年八月、M48戦車が横浜ノースドック入り口の公道でストップさせられたこともありました。市民らの多くがそれを支持しました。戦車は米陸軍・相模補給廠《さがみほきゅうしょう》から運びだされ、国道を南下し、ノースドックから積みだされて、ベトナムの戦場に送られるものでした。ベトナムの戦場から運ばれてきた米軍戦闘車両を修理・再生し、再びベトナムに送り返すのは米軍への戦争協力であり反対である、と考えるのは当時はかならずしも絶対少数派ではなく、かなり広い層の良識でした。戦車闘争は、日米安保体制、在日米軍基地が果たしてなんのためにあるのかを世に訴える闘いでもありましたが、いまからすると隔世の感があります。同僚とずいぶん議論もしました。そしてなにより仕事にもっと「個人」が入っていた。この戦車をベトナムに送っていいものか、という内奥から発する問いが常にあったと思うのです。

もしもそのころコイズミが憲法前文について語り、自衛隊派兵の論拠にしたら大変なことになっていたでしょう。かつてなら、コイズミは口が裂けてもいえなかったはずです。いまは平気で、得意顔をしていう。私は、あの得意顔が大嫌いです。いまベトナム戦争が戦われていたら、このような仮定はナンセンスではありますが、米軍戦車の輸送をストップするどころか、自衛隊がベトナムの地に派兵されたであろうこともまちがいないと思います。なにかが大きくシフトし、かつて自明であったことどもがもろくも消滅していきました。

私はまったくコイズミには関心がありません。ただ、よく考えてみれば、われわれはあのような者どもを税金で多数飼ってやり、贅沢《ぜいたく》な生活をさせてやっている。いや、逆に、われわれはいつしか彼らに飼われ、ほしいままに扱われ、操られ、もてあそばれている。そのことは恥ではないか。われわれはああいうファシストを飼っていると同時に、飼育されてもいる。そしてそれは外部に飼っているだけではない、われわれの躰《からだ》のなかにも飼っているのであり、とりもなおさず、われわれが飼いならされていることになる。

実体としてのコイズミなど語るも虚《むな》しい。論ずるに値しない。コイズミなどできの悪いフィクションにすぎません。しかし、だれがつくったフィクションでしょうか。われわれとわれわれのメディアが無意識にこしらえた、できそこないのフィクションです。

3　公共空間と不敬瀆神《とくしん》と憲法

天皇制利用主義

さて、ここに私が夕べつくった講演メモがあります。左手だけでパソコンに打ったものです。そのなかの第3章のタイトルはこうです。「公共空間と不敬瀆神*と憲法」。私はこのテーマに非常に興味があります。憲法の前文にすぐつづけて登場するものはなんでしょうか。平和憲法といわれ、多くの人びとに素晴らしいと思われている憲法で、前文の次にでてくるのは、いったい、なんでしょうか。いうまでもなく、第一章です。不思議なことに、私たちはそれをしばしば失念してしまいます。おそらく、長らく第一章についてはあまり考えないようにしてきたからでしょう。第一章は超論理、超法規的だからです。それゆえ日本的、絶望的なまでに日本的だからです。でも、それはちがうなと、私は倒れてからはとくに思うようになったのです。考えないのではなく、しっかり向きあったほうがいい、と。日本の言説のだめさかげんが集中的にあらわれているのは憲法第一章であるような気がするのです。前文の次、第一章は天皇なのです。そんなばかな話がどこにあるのか。主権在民をうたう憲法の第一章がなぜ天皇でなければならないのか。第一章第一条〔天皇の地位・国民主権〕。「天皇は、日本国の象徴であり日本国民統合の象徴であって」、ここまでは一万歩譲歩したとしても、この次はどうしても私は肯定することができない。「この地位は」、つまり天皇の地位です、「主権の存する日本国民の総意に基く」。私個人としてはそんなことを承認したおぼえはまったくない。私は現天皇になんの恨みもありません。どちらかというと、さきほどらい語ってきた男よりも、よほどいまの天皇のほうが平和主義者だと思っています。しかし、それとこれとは別です。「日本国民の総意に基く」ですって？　冗談ではない。だれが決めたのだ。

仔細《しさい》に読むと憲法には納得いかないことがいろいろでてくる。ここから八条〔皇室の財産授受〕まで、延々と天皇および天皇制について書かれている。第九条〔戦争の放棄、戦力の不保持、交戦権の否認〕はあくまでもその後にくる。思えば、おかしな話です。「国民の総意」というフィクションも奇妙です。あるいは無言の恫喝《どうかつ》。われわれは「総意」という言葉をいつも自然に受けいれてきた。総意のなかにわれわれ個人の主体を責任をもって入れこむことなしに、なしくずし的に事態を受けいれてきた。異論というものに耳を傾けず、例外を駆逐してきた。それがこの国独特の世論醸成の方法です。熾烈《しれつ》な議論で世論を構築したのでなく、なんとなく空気を醸《かも》していく。そうした鵺《ぬえ》的やりかたは、いまもつづいている。

ある思想家は「日本のファシズムというのは、ナチスも羨《うらや》んだぐらいのファシズムなんだ」といいました。かならずしも上からの強権発動によらないです、全民的協調主義。あらかじめのファシズム。それはいまもつづいている。ウンベルト・エーコはたしかに「ファシズムには、いかなる精髄もなく、単独の本質さえありません」というけれども、日本にはたぶん、ファシズムの精髄ないし精華があるのです。なぜかというと、日本のファシズムは純粋ファシズムだからです。それは上からのファシズムではない。私たちみんなの、下からのファシズムでもあるからです。私たちが躰のすみずみまで染みこませたファシズムだからです。天皇制という日本型の協調主義的ファシズム。しかし、これも純粋な天皇制とはちがう。あくまでも治政上の天皇制利用主義なのです。だれが天皇個人のために本気で腹かっさばくようなことをするのか。逆に、天皇制からの天皇の解放などを堂々と口にする者は中野重治以降、絶えていなくなってしまった。思想に殉ずる、主義、理想に殉ずるなどという倫理は、この国にほんとうにあったかどうか、じつははなはだ疑問なのです。

　天皇制、天皇制利用主義は、しかし、幻想の聖域（サンクチュアリ）を設けていく。皇居がそうです。靖国がそうです。聖域をつくればつくるほど、公共空間*は先細っていく。自由空間が、内面的にも、外部的にも非常に狭くなっている。こうした傾向は近年ますます顕著になっています。

瀆神——聖なるものや神に抵触するような行為のこと。ジョルジョ・アガンベンは、『瀆神』で、ローマ法における「聖なるもの」は、人間が公共的あるいは自由に使用することが許されないもの、世俗が触れてはならないものを指していたとする。そして公共性が失われつつある現在における「瀆神」的行為は、この聖なる領域へと押し込められた公共性を回復する行為であると説く。

公共空間――身分や性別・貧富の差などを超えて、異質な人々が自由に出会い、政治的・社会的問題に関して対話を行えるような場を指す。公共空間を重視した現代の政治哲学者にハンナ・アーレント（一六二頁参照）やユルゲン・ハーバーマス（一九二九――）がいる。前者は個人の自由が表現される場として、後者はどちらかと言えば世論の合意が形成される場として公共空間をとらえるが、両者には強制収容所の歴史を二度と繰り返してはならないという問題意識が共通する。

皇族の身体にかかわること

『永遠の不服従のために』という本をおもちの方は、その第二章「不敬」をぜひ読んでいただきたいと思います。憲法に深くかかわるからです。私はここはずいぶん考えて書きました。『永遠の不服従のために』は、私が『サンデー毎日』に連載していた「反時代のパンセ」をまとめたものです。「反時代のパンセ」では、それぞれの文章の冒頭に、アフォリズムや印象的な言葉を紹介して、そこから本論を導きだすという方法をとりました。ときには詩であったり、日記であったり、小説の一節であったりしたわけですが、「不敬」という回の冒頭に、私はある法律雑誌の編集者の言葉を引用しました。彼はぼくにこう問うた。「あなたがいま、天皇ないし皇族の身体にかかわるテーマを小説に書いたとしたら、その掲載を引き受ける雑誌、あるいは刊行を引き受ける出版社があるでしょうか？」。彼はおそらく答えを知っていたのです。ない、と。ただし、表現の自由のためではなく、ただただお金のためなら、ひょっとしたら、やるかもしれない。あらかじめ五十万部とか百万部売れるとわかっていれば、やるかもしれない。金のためだったらなんでもやる。万物の商品化を地でいくというのは、じつは出版の世界のことでもあるのです。

しかし、「天皇ないし皇族の身体にかかわること」の表現の問題は、憲法第十九条〔思想・良心の自由〕、第二十条〔信教の自由、政教分離〕、第二十一条〔集会・結社・表現の自由、検閲の禁止、通信の秘密〕にも関連して、多方面からの考察に値します。特殊日本の思想、文化の暗部でもっとも微妙なのは身体なのです。天皇については、いわば形而上的《けいじじょう》にはそれなりのことは書いてもいいのです。しかし、天皇について、天皇の身体について、皇族の身体にかかわるテーマを小説などに書いたとしたら、その刊行を簡単に引き受ける出版社はまずないと思います。では新聞連載小説としてなら引き受けるか。もっと無理です。そのくだりにきたらまず連載中止でしょう。象徴天皇制とはいえ、いまも憲法の第一章に「天皇」がおかれ、最大限に重視されている。なにやら不可視の監視システムもあるようです。それはわれわれの言説、ものを表現するということの芯《しん》のところに脈々と生きていると思うのです。が、なぜ身体に関する表現が問題にされるのか。「現人神」というこの国累代《るいだい》の幻想を払拭《ふっしょく》できないからではないでしょうか。神は隠身を常とするけれども、人の姿となってこの世に現れている以上、あきつ神の身体を人間と同列に論じるなど許されることではないということでしょう。しかし、いったい、だれが問題にするのか。十九条、二十条、二十一条はなぜ限定的自由にとどまっているのか。考えつづけなければなりません。

外在する視えない暴力装置と内面の抑止メカニズム

ミッテラン時代のころ、私は外信部のデスクをしていました。昭和天皇が危篤になっていく。国葬がそろそろ話題になりはじめました。そうしたら、フランスのル・モンドだったと記憶していますが、パリの市民が投書をした。ミッテランが戦犯の国葬に出席するなんてとんでもない、という非難の投書が載るわけです。当然ながらパリの支局はそれを、転電といいますが、翻訳して送ってくる。私はデスクをしていましたので、これはフランスの一国民の見識として報道に値すると思って、記事にだしました。そういうことに対するわれわれの部内のコード、規定みたいなものはどこにも書かれていません。就業規則にもありません。しかし、整理部のデスクがすぐにすっ飛んでくる。「お前、まだ天皇が亡くなってもいないのに、こういう原稿をだしてもいいのか」としきりに怒る。

最近もありました。私が天皇について書いた。天皇が競馬の天皇賞を観戦したのです。私はこれをめまいがするような事件だと思っています。新聞はそういうふうには書いていませんが、あれは大変な事件です。競馬で、天皇賞で、たくさんの人間がお金をうしない、自殺者までだしている。それをわかっていてか、平成天皇はいままで競馬場で観戦したことはない。お付きがどのようにいったのか知りませんが、今回は天皇がじかに観戦した。そのことを外部寄稿者として新聞向けの原稿に書きました。当然ながら私は、ただ単に「天皇」と書いた。すると、それを受けたあるマスコミのデスクが、「『陛下』がないですけれども。私はいいですけどね、これは社内でとおるかどうか……」というふうにいう。婉曲《えんきょく》に慇懃《いんぎん》に、かつやや威圧的に。自分という主体を隠して、同時になにかを無傷で裁定しようとする。非常に不快でした。「陛下」という尊称がないのが、自分はどうしても気にくわないというのだったらまだいい。失礼じゃないかというのだったら、まだわかる。私は承諾しませんが、それも一つの見方ではあろうと思う。しかし、「社内でとおるかどうか……」という。私よりかなり若い男の、その語り口に鳥肌がたつ。「今きみが語っているその語りかた、それが倫理だ」というアフォリズムを想起せざるをえません。恥ずかしい語り口。一瞬頭をもたげる恥辱。たぶん、ここに立派なファシズムがある。でも、彼らはリベラルなジャーナリストを自称する。憲法改悪はいけないといいつつ、組織内でたくみにバランスをとろうとする。恥は、ない。

朝日新聞阪神《はんしん》支局襲撃事件。*じつは、あの事件に対する本家本元の朝日新聞の態度も、ごく少数の真摯《しんし》に苦悩する記者らがいるものの、総じて偽善的だと思っています。「ジャーナリスト宣言」などと聞くとますます情けなくなります。記念日のたびごとに麗々しく記事がでますが、いったい何人が本気で怒っているのでしょうか。銃弾で蜂の巣にされた同僚をだれがほんとうに悼み、時効など関係なしに犯人をつきとめたいと幾人が願っているのでしょうか。記念日のたびごとにかならず紙面にでる文言があります。それは編集幹部の警察に対する謝意の表明です。しかし私は、警察は文字どおり組織をあげて全力で捜査しただろうかとどうしても訝《いぶか》しく思うのです。公権力があの種の事件を本気で調べているかどうか、その不可視のところは、おそらくこの国の連綿とつづく漆黒晦冥《かいめい》たる情念領域に属するものです。不敬者、つまり皇族を敬《うやま》わない者ないしは敬わないと見なされている者らに対する、右翼または視えざる組織による暴力の摘発に、公権力は一般に積極的ではないと私はかねがね思っています。外在する不可視の監視、あるいは暴力組織、あるいは右翼。それらはたしかに存在します。きょう、この会場のなかにも関係する者がいるかもしれない。しかし、この暴力組織は外在するものだけでしょうか。私はそうは思わないのです。それは、じつはわれわれの内面の抑止機制、内面の抑止メカニズムと関係がある。この監視社会は躰外のカメラが二十四時間われわれを見はっているだけではなく、われわれ自身がわれわれの挙動を絶えず監視してもいます。つまり、外部の視えない暴力組織と、われわれの自己躰内の神経細胞の間には、意外な共犯関係があるといわざるをえない。そしてそこには、私の表現によれば〈無期限の視えない実定法〉が伏在していると思うのです。

「天皇、太皇太后、皇太后、皇后、皇太子又ハ皇太孫ニ對《たい》シ不敬ノ行為アリタル者ハ三月以上五年以下ノ懲役ニ處《しょ》ス」

実際にはもっと重いかもしれない。死刑かもしれない。これは事実上、いまでも生きています。天皇・皇族・神宮・皇陵などに対して不敬の行為をする罪つまり「不敬罪」は一九四七年の刑法改正により削除されましたが、旧刑法七十四条はどっこい実質的には生きているということを、自分の躰《からだ》の細胞で知っている人は、けっこういるはずです。これは視えない実定法として生きている。それを生かしてきたのは、ほかならないマスコミだと私は思うのです。不可視の抑止機制とはなにか、視えざる監視・暴力メカニズムとはなにか、それらとわれわれの自己躰内の神経細胞の共犯とはなにか——これを突きとめないかぎり、この国には言葉の正しい意味での言論も表現も恥辱の自覚も永遠にありえません。

朝日新聞阪神支局襲撃事件――一九八七年五月三日、西宮市の朝日新聞阪神支局の編集室に乱入した男が散弾銃を発射、社会部の小尻知博記者が殺害された。のちに、「赤報隊」を名乗る者から犯行声明文が届くが、動機も犯人も二十二年目にしているがまだ藪《やぶ》の中である。言論へのテロを忘れまいと、記念日にはイベントも行われているが、社会全体の反動化のなかで、朝日をはじめジャーナリズム総体は後退を重ねてゆく。

瀆神せよ、聖域に踏みこめ

さきほど、「公共空間と不敬瀆神《とくしん》と憲法」というタイトルを口にしました。不敬瀆神。神を汚す。これを私はネガティブにいっているわけではないのです。不敬瀆神は、思想や芸術表現のひとつの作法として、必要であるといっているのです。たちの悪いなにかが増殖拡大し、いわゆる聖域は温存され、あるいは新たにつくられ、その一方で公共空間が権力ないし権力化した住民や群衆に囲いこまれ狭められていく。私が客員としていっていた大学には、キャンパスのど真んなかにこういうことが書いてあった。「学内で反社会的な行為をすることを禁ずる」。私は久しぶりに大学へいったものですから、反社会的行為を禁ずるっていったいなんだろうと驚きました。なぜかというと、大学とはもともと、反社会的存在たることを余儀なくされている面があるし、それはそれで正常だと私は考えるのです。だからこそ私のような者も客員となったりもするわけですから（笑）。そんな大学構内で学生が反戦ビラをまく。また学生以外の人間がイラク戦争反対のビラをまく。それは反社会的行為なのだろうか。教職員がすっとんでくる。警察に躊躇《ちゅうちょ》なくすぐ電話する。パトカーがすぐきて捕える。そんなばかなと思う。大学という公共空間（であるべき場所）は学生や教職員らの信じがたい無自覚もあって、どこも、そういうかたちでどんどん狭められている。いまやますますそうなりつつあります。こうした例は数えきれない。社会の動きにうとい私が知っているだけでも、たとえば、二〇〇三年四月、東京・西荻窪《にしおぎくぼ》の公園の公衆トイレにスプレーで「戦争反対」「反戦」などと落書きした青年が現行犯逮捕され、あろうことか四十四日間も勾留《こうりゅう》されて、建造物損壊容疑で起訴されている。これは、二〇〇六年一月に最高裁判決がでて、たしか執行猶予つきながら懲役一年二ヵ月が確定しています。戦前、戦中ではあるまいにいくらなんでもひどい。二〇〇四年二月にも、東京・立川の防衛庁官舎で反戦ビラまきの市民グループ三人が住居侵入容疑で逮捕、起訴されていますが、枚挙にいとまがありません。全民的公共空間はどこでもなくなりつつある。

そのことと瀆神は関係があるのか。私はあると思います。靖国も皇居もそうですが、聖域というものが設置されれば、理の当然、公共空間はなくなる。私のいう「公共空間」とは、たんに外部的な地図上の空間のことではありません。われわれの内面にもある、だれもが共有できる公共空間、全民所有の公共空間のことです。そういう場所がもっともっとあるべきです。

本来、新聞社も放送局も病院も大学も議会も、だれもが自由に出入りできる公共空間であるべきなのです。しかし、すべてを特権的閉域にしてしまった。まず皇居です。私たちは高い税金を払って、おそれおおくも皇室を維持したてまつっている。にもかかわらず、私たちは皇居にそもなにがあるかを知らない。若いときには「反戦」を唱えていた文化人が老いてから紫綬褒章《しじゆほうしよう》かなにかを受勲して、平気で皇居にもらいにいく。旧社会党の議員でも反権力と見なされていた映画監督でも平気でいく。晴れがましい顔をしていく。ここには恥も含《がん》羞《しゅう》も節操もなにもあったものではない。そして聖域との共犯関係をつくっていく。自らも聖域の住人になった気になる。こうして公共空間は狭まる。共産党をえらいと思ったことはあまりないけれども、ちょっといいな、というより当然だと思うのは、受勲、それだけはお断りしますという態度です。他にも受勲を秘《ひそ》やかに拒んでいる人物たちがいる。私はそれが最低限の節操、廉恥だと思います。

瀆神。「神」というのは聖なるもの一般です。別に天皇だけではない、いまよりも一歩進んで、サンクチュアリに踏みこむことが大事ではないかと思うのです。もし憲法を語るなら、憲法に保障された表現の自由を語るなら、あるいは思想および良心の自由を語るなら、なにものか聖なるものにまつらうのではなく、意識的に瀆神しなければならない。われわれの内面にある「開かずの間」をこじあける必要がある。

欧州を理想化するつもりはまったくありませんが、たしか一部の国では、瀆神の権利が法律の原理としてある、神を汚す権利が人間存在の権利として法的に保証されていると聞きました。瀆神の権利。これは信教の自由とともに共同体の原理であるべきではないでしょうか。瀆神することによって、真の意味で人間の公共空間が広がっていくのではないでしょうか。

4　いわゆる「形骸」と「むきだしの生」

人の実存に形骸はない

この二年と一ヵ月の時間の、そうですね半分以上、私は死ぬことを考えていました。自然死ではなく、自分で死ぬことをです。楽になりたいと思ったのです。この躰《からだ》を楽にしたい。毎晩ひたすらそう考えていました。美学からではなく、苦痛の脱出口として自死を思いつづけました。そして、一九九九年に自殺された江藤淳*さんのことが頭を離れませんでした。江藤さんのメモ――遺書といわれていますけれども私はメモだと思います――が忘れられず、ベッドの上で何度も想いだしました。彼はこう書きました。「心身の不自由が進み、病苦が堪え難し。去る六月十日、脳梗塞の発作に遭いし以来の江藤淳は、形骸に過ぎず、自ら処決して形骸を断ずる所以なり。乞う、諸君よ、これを諒《りょう》とせられよ」。非常に印象深いメモです。吉本隆明さんはこれを読んで、のちに「さすが名文だ」と書きました。「死に際がすっきりしている」というわけです。私はそうは思いません。別の作家はそれを批判しました。脳梗塞《のうこうそく》の人は大勢いるじゃないか。その人たちに、こういうことを書いたら失礼だというのです。私は当初はそれほど関心をもたなかったのですが、自分が脳出血になって半身が不随になり、身体不如意になってきたら、この問題を非常に身近に感じるようになったのです。江藤さんの苦しみは、たぶん脳梗塞だけではなく、奥様に先だたれたことや、他の心身の苦痛やいろいろな失意もあったでしょう。だから余人が簡単にいうことはできない。それを肯定したり賛美したりするにせよ、あるいは否定するにせよ、この場合は、死者を貶《おとし》めるようなことはやはりいけないと思う。でも、これだけはいわれなければいけない。もの書きのはしくれとしていわざるをえないことがある。江藤さんが書きのこしたこの言葉には、日本という国固有の精神の古層、サムライの精神のごときもの、もっと拡大し、敷衍《ふえん》していえば、ファシズムの美学のようなものがあると私は思うのです。無様や恥をこの美学は嫌います。しかし私は、この場合の無様は毫《ごう》も無様ではないと思います。この場合の恥は毫も恥ではありえない。恥とはむしろ、脳梗塞で心身が不如意になった自己身体を恥としてとらえる人間観の、狭さと尊大さにあるような気がします。江藤さんの苦しみと孤独は、名状不可能なほど大きく深かったろうと想像します。しかし、あのメモは名文でもなんでもない。内容も完全にまちがっている。戦陣訓の「生きて虜囚の辱《はずかし》めを受けず、死して罪禍の汚名を残すこと勿《なか》れ」が名文でも学ぶべき哲学でも断じてありえないように、あのメモは、悩乱のあまりとはいえ、まちがっている。そういうことが私の故江藤淳さんへの敬意になるのだと思います。

ずっと私は自死を考えていました。私は易《やす》きにつく根性なしの人間ですから、楽に死にたいなと思いました。首吊《くびつ》りは、右手の麻痺《まひ》でロープで輪をつくれないし、感覚障害で高いところには立てないから、だめ。ベッドで好きな音楽を聴きながら眠るように……なんて怠惰なことを夢みていました。したがって、その準備として買ったものは、ガムテープに大型の七輪です。炭はあるかたたからいただいた備長炭《びんちょうたん》を山のようにもっていましたから、大事なものはそろったわけです。七輪を買いに行くときには、深刻な顔でヨロヨロしながら行ったら「ああ、この人やるのかな」と勘ぐられるから、偽装するために魚を焼く網までいっしょに買ったりしました。ニコニコしながら。道具をそろえると妙に安心するものなのですね。私は飽きっぽい癖があります。買い物でひと仕事が終わった気になり、それをクローゼットに入れたまま今日にいたっているわけです（笑）。

でも、ほんとうに「やーめた」と思ったのは、この江藤メモを凝視するように読んでからなのです。「ちがうよ、江藤先生、これはちがいますよ」と思えてきました。江藤さんと私とではもちろん立場が根本から異なる。たぶん、どこにも接点のようなものはない。だが、しかし、これはまちがっている。「江藤先生、もの書きに形骸はないですよ」と私は思う。いや、もの書きにかぎらない。人の実存に形骸はありえないと私は思ったのです。だから、江藤さんの遺書といわれるこの江藤メモこそ、私に「おまえは、みっともなく無様でもいいから、生きろ。いや、おまえは、みっともなく無様であるがゆえに、死ぬな」と教えてくれたようなものなのです。いずれの日にか私も自死するかもしれない。それを否定しません。しかし、いまは、そして予見できる長くもない未来は「おまえは、みっともなく無様であるがゆえに、死ぬな」と自身にいい聞かせるでしょう。

江藤淳（一九三二——一九九九）——慶應大学在学中『夏目漱石』を発表して批評家として出立、戦後世代の旗手として文壇、論壇に迎えられた。一九六七年の『成熟と喪失』で第三の新人を「母と子」という視点から論じ、「母」の崩壊以外に戦後日本の「成熟」はないと説いた。その背景にはアメリカ型生活スタイルに追従する戦後日本人への批判が込められており、GHQ占領政策を「言論統制」や憲法改正といった観点から分析した。一九九九年、自殺。

見ることの専制と恥辱

さきほども申しあげましたが、病院で私は、世のなかから「形骸」と見なされてしまう人びとをたくさん見ました。私などよりずっと大変な症状をかかえています。その人たちの神秘的な心の動きも眼にしました。非常に深い眼の色をしています。微妙な表情をします。形骸に見えて、形骸では断じてありえないわけです。私たちは彼らを見る。ときに、盗み見る。見るという専制を行使する。〈見る専制者〉は、彼らをもっぱら〈見られる被専制者〉であると錯覚する。しかし、かれらは、ただ押し黙って〈見る専制者〉の餌食《えじき》になっているわけではない。彼らもまた、内側からじっと視ている。あるいは食い入るように見ている。外ではなく、反転した自分の内側の深みに視線を注いでいたりする。そこに気づかなければならない。その「形骸」といわれる者の実存こそが、いま表現されなければならないなにかではないか。彼ら彼女らの眼の画角、視差、明暗覚、色覚、形態覚、運動覚などの視感全般がもっともっと想像されなければならない、と私は思うのです。どの面さげて、もの書きである、表現をする私がそれらの想像を放棄し「形骸を断ずる」などということがいえるでしょうか。

私はこれまで、いろいろなところを旅してきました。アフリカにも何度も行って、ずいぶん人が死んでいるところを見ました。飢えて病み、いままさに死のうとする少女をすぐ眼の前で見たこともあります。そうした〈見る〉行為により「眼が焼ける」思いをしたこともあります。見ているだけで瞳《ひとみ》がちりりと焼け焦げるような、そういう風景を見ました。私は心の底から思ったのです。子供が飢え死にしているこの風景こそが世界の中心でなければならない。同時に、私は私の〈見る〉ないし〈視る〉に、拭《ぬぐ》っても拭いきれない罪や恥のにおいを嗅《か》ぐともなく嗅いでいました。

　ソマリアで、飢え死にする少年や少女を見ました。しかし、たくさんの人が死んでいる。でも私はなにもできない。なにもしない。なにもしようとしない。ただ突っ立って見るだけ。そして空調のきいたホテルに引き返すと、パソコンに必死で原稿を打ちこんでいる自分がいる。危険を冒してここまできたのだぞ、という心もちもどこかにあったかもしれません。いい調子で原稿を書く。新聞もよろこんで使う。大きく載る。読んだ人は感動してくれる。本になるとまた売れる。何度も重版する。賞までもらう。めでたし、めでたし、です。が、心は晴れません。屍臭《ししゅう》が躰《からだ》の芯《しん》に染みついて、消えることがありません。私は、人にはあまり話したことがありませんが、とてつもなく恥ずかしくなりました。だれに対して？　わかりません。たぶん、自分自身に対してでしょう。自分の内奥の眼に恥と罪が誘《そび》きだされ、暴かれたのでしょう。記者であることの恥辱。あるいは作家であることの恥辱。そして人間であるがゆえの恥辱。ただ見ることの罪と恥。これがそもそもなにに由来する罪と恥か、その淵源《えんげん》を私はしばらく考えなければなりません。だから、可能であれば、いましばらく生きたほうがいいと思うのです。醜く生きればいい。ナマコのように、ウミウシのように生きる。地べたをズルズル這《は》いずっても生きる。私はそれをずっと見てきました。眼を幾度も焼かれました。内戦中のカンボジアで、ベトナムで、中越国境で。何人もの罪咎《つみとが》ない、もともとは農民であった青年たちが、手足を爆弾で吹き飛ばされた無残な姿になっていました。私は彼らをただ見ました。彼らのことを書きました。躰が元気だった私は傷病兵らの内奥の晦冥《かいめい》など想像だにしませんでした。写真を撮りました。彼らも私を見ていました。見えない眼で視ている者もいました。彼らを「形骸《けいがい》」ということはできません。私の仲間なのです。

恥とホモ・サケルへの視線

　ジョルジョ・アガンベンという人に、私はこのところ興味をもっています。彼は「ホモ・サケル」ということをいった。以前私は、ガンジーが語った「ハリジャン」（神の子）という概念に非常に関心をいだいていました。不可触民のことであります。日本にも不可触民がいるぞと、ずっと思っていました。憲法の網の目にかからないような、その人たちが暮らす山谷《さんや》のすぐ近くに五年ほど住みました。私は会社を辞めてから、憲法の埒外《らちがい》に置かれるような人間存在がある。法の網の目にかからないような、その人たちが暮らす山谷のすぐ近くに五年ほど住みました。ホームレス、無宿人たちが多数暮らしています。臭い。はんぱな臭さじゃない。おそらく地球上の生物のなかで、人間がいちばん臭いのです。悪臭に満ちた生物です。その臭さをとりわけ一身に背負っている。そしてこの高度資本主義が日々、排泄《はいせつ》する毒物と狂気と無慈悲を一身に背負わされている人間たち。法の埒外に、そういう人間たちがいる。

　彼らと、アガンベンのいう「ホモ・サケル」を、私は想像のなかでしばしば結びつけたりします。「ホモ」は人、「サケル」は聖という意味です。非常にアイロニカルですが、「聖なる人」というのが「ホモ・サケル」の意味です。ホモ・サケルとは、古代ローマのいわば罪人でもあった。犯罪者だったのです。

それが、聖なる人というアイロニカルな言葉で呼ばれていた。この人間を殺しても罪には問われなかった。しかし、その死体を神への犠牲として供することはできなかった。秩序から排除された犯罪者は、政治的、宗教的な意味を失った、たんに物質的な存在だからです。つまり、ホモ・サケルは人間存在以下のもの、すなわち、煮ようが焼こうが棄てようがブタの餌にしようが、どうでも処理できる、忌むべき実在としてあった。この人たちは法的な保護や庇護《ひご》を受けられない。生きた存在そのものが、むきだしの状態である。「それは古代ローマの話でしょう。日本には関係ないよ」と反論されるかもしれない。アガンベンの抽象概念でしょう。日本にはそういえるでしょうか。私はアガンベンの指摘とは異なるかもしれませんが、日本にだってホモ・サケルがいると思っています。われわれの隣人としてのホモ・サケル。それをわれわれはなるべく視認しないようにつとめ、迂回《うかい》してとおったり、鼻をつまんで足早にとおりすぎたりします。若者が彼らに火炎瓶をぶつけようが、なぶり殺しにしようが、行政が彼らをゴミ同然に公共の場所から暴力的に排除しようが、社会はサッカーのワールドカップの万分の一ほども騒ぎはしない。人々の多くは自ら手を汚すことなく〈あの臭い者たち〉を一掃し、クレンジング（cleansing）したがっている。死刑執行同様に、みずからが直接かかわらないかぎりにおいて臭い彼らを無化したいと思っている。自称文化人らの多くも内心、無意識にそう願っている。公共空間を「浄化」したがっているのです。皇居をホモ・サケルやハリジャンが闊歩《かっぽ》するなど断じてあってはならないと思っている。このように、平和憲法下にあってもわれわれがなおまったく掬《すく》いきれていない人間存在は、おそらく想像以上に多いのではないか。憲法はホモ・サケルの実在を想定していないし、その必要もないと憲法学者らはいうでしょう。ホモ・サケルの存在は恥でもなんでもない。現代社会のホモ・サケルへのまなざしにこそ救いがたい恥が見え隠れしていると私は思います。

人権やプライバシーという概念を、私たちはごくあたりまえのものとしてもっているわけですが、それはじつは、近代国家が私たちにまき散らした幻想にすぎないという気がするのです。人権なんか、どこにあるのだと私は思っています。人権も国籍も失った難民が、現在、全世界で二千万人いるといわれます。また、格差社会ということがよくいわれます。しかし私はほんとうは階級だと思う。階級社会がなくなったなんて、とんでもない話です。一日中必死で働いてもやっと食っていけるかどうかの労働者階級は、階級闘争の担い手であるかどうかはべつにして、現存し、そこから日々脱落する者たちが法の庇護ではなく、法的に駆逐される対象となっていく。したがって、いま、「ホモ・サケル」という概念は非常に重要です。この概念を大きく広げてものを考える必要がある。

「ホモ・サケル」という概念を広げていくと、私は死刑囚もまたホモ・サケルではないかと思うのです。さきほどお話しした日本的な情念領域のファシズムにかかわって、もうひとつ重大なことがあります。新聞やテレビが絶対に報道しないことがあるわけです。それは死刑執行日です。最近死刑執行が少ないと思いませんか。だれやらが懐妊したり出産したりすると、なぜか死刑は執行されない。監獄法第十三章の〔死亡〕第七十一条が死刑執行について明文化していて、「死刑ノ執行ハ監獄内ノ刑場ニ於《おい》テ之ヲ為ス」「大祭祝日、一月一日二日及ヒ十二月三十一日ニハ死刑ヲ執行セス」とあります。「大祭」とは、もともと神道祭祀《さいし》令により定められた伊勢《いせ》神宮《じんぐう》はじめその他の神社における重要なまつりのことですが、皇室祭祀すなわち天皇がみずから執行するまつりという意味があります。これには、元始祭・紀元節祭・皇霊祭・神殿祭・神武天皇祭・神嘗祭・新嘗祭《にいなめさい》などがあるようで、われわれ下々にはよくわかりませんが、皇族の慶弔がふくまれていることは疑いありません。これこそ、この国が超法規的ないし反近代法的な差別観と皇室を中心とした特殊日本的情念により隠然とあやつられている面もあることの証左のひとつでもあるでしょう。皇室の大きな慶弔時には、なぜ死刑が執行されないのか。おそらく、死刑囚もホモ・サケル視されているからではないでしょうか。賢所《かしこどころ》や聖なる存在にそれを犠牲として供するわけにいかない。どころか、聖なる皇室の慶弔行事を刑の執行で汚してはならない——という不文律が伏在しているようです。また、確定死刑囚は、実際上、人間以下の存在だと見なされているからです。これが近代法でしょうか。死刑という制度を近代法がつくり上げたものだとしたら、これは明らかに法の根本を覆している。日本の天皇制にあっては、そういう現実がある。ホモ・サケルや死刑制度の対極に天皇制があると考えざるをえないのです。

5　境界を越えること

ここに在ることの恥

ここで、さきほどらい触れたブレヒトの詩にもう一度もどりたいと思います。なぜ私はこの詩にこだわっているか。ブレヒトの詩は一九三八年に発表されています。ちょっと脱線しますが、石川淳の『マルスの歌』も一九三八年、国家総動員法公布の年の作品です。ブレヒトはまったく環境のちがう欧州の地で、「のちの時代のひとびとに」という詩を書きました。私の若いころには、わりあい知られた詩でした。で、その前に、一九三八（昭和十三）年という年を少し回顧してみたいと思います。

前年の一九三七年に、南京大虐殺がありました。日本軍は非常に多くの中国人を殺し、放火、略奪、強姦《ごうかん》などを重ねた。殺したのは三十万ともいわれていましたが、最近では数万ではないかという人もいる。いずれにしても大変な数を殺している。その翌年の一九三八年に、国家総動員法が公布されました。こんな法律です。

「第一条　本法ニ於テ国家総動員トハ戦時（戦争ニ準ズベキ事変ノ場合ヲ含ム。以下之ニ同ジ）ニ際シ国防目的達成ノ為《ため》、国ノ全力ヲ最モ有効ニ発揮セシムル様、人的及物的資源ヲ統制運用スルヲ謂《い》フ（…中略…）第四条　政府ハ戦時ニ際シ国家総動員上必要アルトキハ、勅令ノ定ムル所ニ依《よ》リ、帝国臣民ヲ徴用シテ総動員業務ニ従事セシムルコトヲ得、但《ただ》シ兵役法ノ適用ヲ妨ゲズ（…中略…）第六条　政府ハ戦時ニ際シ国家総動員上必要アルトキハ、勅令ノ定ムル所ニ依リ、従業者ノ使用、雇入若《も》しくハ解雇、就職、従業若ハ退職又ハ賃金給料其ノ他ノ従業条件ニ付、必要ナル命令ヲ為スコトヲ得（…中略…）第二十条　政府ハ戦時ニ際シ国家総動員上必要アルトキハ、勅令ノ定ムル所ニ依リ、新聞紙其ノ他ノ出版物ノ掲載ニ付、制限又ハ禁止ヲ為スコトヲ得」

これはすでに死滅した法律のようでいて、じつは、そうでもない。まさに「緊急」と「例外」、「特例」は国家の得意技です。そして、「緊急」と「例外」、「特例」は、今日的にはイラク特措法などにみられるように、国家の普遍であり、本性でもある。つまり、現憲法下にあっても、国家総動員法的な非道の実施が、熾烈《しれつ》な抵抗のないときには、場合によっては可能であるということです。

ともあれ、一九三八年は日本でも暗い時代であったと想像できます。そんなとき、たとえば、私の好きな太宰治はなにを書いていたのか、調べてみたことがあります。いくつか創作していますが、「満願」というじつに短い掌編小説も書いていました。素晴らしく印象的な文章です。美しいカラー写真を切りぬいたような小説で、文芸評論家のだれもが評価しています。おそらく太宰もうまく書けたという自信があったのか、鼻高々のような筆致です。日本にはこういう小説が非常に多いのです。

伊豆《いず》の三島《みしま》だと思うのですが、太宰がひと夏をすごしていたところで彼が怪我をして病院にかようちに医者と親しくなる。そこにきれいなご婦人が週に何回かくる。病気のご亭主の薬をとりにくるらしい。ご主人はどうやら、結核かなにかだったのでしょう。ときには医者が玄関までその女性を見送り、「奥様、もう少しのご辛抱ですよ」などと声をかけていた。医師は言外にある意味をこめて「ご辛抱ですよ」といっていたわけです。ある日その婦人が、もっていた白いパラソルをクルクルッと回して、小躍りするようにして帰っていった。

「八月のおわり、私は美しいものを見た」。太宰はそう書きました。「けさ、おゆるしが出たのよ」と医者の奥さんがささやく。三年間、我慢していたのが、やっと満願です。もう辛抱しなくてもよくなった。「胸がいっぱいになった」と太宰は書く。そういう小説です。

なるほど、うまいなあと私も感じ入る。けれども、うまいぶんだけ、ひっかかる。考えこんでしまう。状況と表現。状況と内面。時代と表現。そのことが、ひっかかってしょうがない。一九三八年の問題ではあるのですが、二〇〇六年のひっかかりとしても、これはある。もちろん、いかなる状況下にあっても「満願」のような物語はありうるし、作品として成立するでしょう。あるいはミニマムな人の日常として、表現に値せずとはいえない。たぶん、そういってはいけない。だが、ひっかかる。大いにひっかかる。きょういいたいことの大事な点がここにかかわる。それはやはり、恥にかかわるのです。こうした状況下に、自分がかくある、あるいはこうでしかいられないということを思うときの、意識のただならない沈殿のようなもの……。澱《おり》のようなもの……。太宰はそれを感じてはいなかったのか。いまは一九三八年ではありません。ですが、状況と表現の関係、ないしは時代と個の立ち居ふるまいの関係に苦しむのは無意味とはいえないと私は思うのです。私たちは「満願」を一幅の美しいスケッチとして読むことができます。しかし、「満願」の絵の近景や遠景に、国家総動員法や南京大虐殺といった光の屈折や血の臭いを想像し、必死で助けを求めたであろうはるかな遠音《とおね》に耳をすますとき、時代を超えて恥は躰《からだ》の内側から青痣《あおあざ》のように浮きでてくるのです。

憤怒に顔を歪めるとき

そこで、ブレヒトの詩です。たしかデンマーク亡命中にしたためられたブレヒトの詩「のちの時代のひとびとに」には、こういうことが書かれている。一九三八年、彼はこう書くわけです。「賢明でありたい、と思わぬこともない。／むかしの本には書いてある、賢明な生き方が。／たとえば、世俗の争いをはなれてみじかい生を／平穏に送ること／欲望はみたそうと思わず忘れること／が、賢明なのだとか。／どれひとつ、ぼくにはできぬ／そうなのだ、ぼくの生きている時代は暗い。」と、彼はこの詩を書きはじめている。「ぼくの生きている時代は暗い」。欧州の一九三八年もほんとうに暗かったのです。ファシズムの時代です。そして彼は、さらにこういうふうに記した。私は深く影響されました。「不正のみ行われ、反抗が影を没していたときに」――正しくないことばかりが行われているのに、反抗がまったくなされないとき。たんに不正がよくないのではない。権力者や為政者が不正をなす。これはある意味で当たり前のことだともいえるでしょう。ただ、反抗がない。それではだめなのだ。人間的感覚のすべてが恥で目詰まりしてしまい、とても生きていくことはできない。

ところで、ハンナ・アーレント*の本に引用されたこの詩の翻訳では「反抗」がなぜか、「暴動」となっています。私は「暴動」のほうが好きです。「不正のみ行われ、暴動が影を没していたときに」。不正に対する暴動という、この「対」の関係をブレヒトは、当然のこととしていっている。反抗や暴動が死に絶えている状態のほうが異常なのだ、と。そして、もう一つ。ここも私はいまだに心を揺さぶられます。「無論ぼくらは知っている、／憎悪は、下劣に対する憎悪すら／顔を歪めることを」。世の不正に腹の底から怒ったら、顔もお上品にニコニコ笑っているわけにもいかないではないか。眼をむきだして睨《にら》み返すこともあるだろう。ブレヒトはそれを否定しているのではない。穏やかに上品にやりましょうといっているのではない。憤怒が態度に表れてしまうのは、それはしょうがないことなのだ、といっているのです。顔を醜く歪めて罵《ののし》ることだって、しょうがない、とブレヒトはいっている。「憤怒は、不正に対する憤怒すら／声をきたなくすることを。」と、彼は詩で書く。詩としては、岩田正さんのあの短歌と同じように、けっして端麗ではない。きれいでもない。でも、衒《てら》いも飾りも棄《す》てて、人が怒り、恥、哀しみを表現せざるをえない瞬間というものがある。いまがそうではないかと、私は思うのです。「八月のおわり、私は美しいものを見た」。一九三八年に私がいたならば、万一、美しいものを眼にしても、ああは書けないのです。二〇〇六年のいまも、基本は同じです。音や光の波動の変調を見落として、美一般をうたいあげるわけにはいかない。一方で、すべてをうち切ってどこかだれも見えないところに隠逸したい欲求がないわけではない。が、おそらく、どこにあっても、恥は追いかけてくるだろうし、いまここに在ることの恥からも逃れることはできないと思います。

ハンナ・アーレント（一九〇六――一九七五）――ドイツ系ユダヤ人。政治哲学者。ナチズムのユダヤ人迫害を逃れ、一九三三年フランス、一九四〇年アメリカ合衆国に亡命。戦後、人間の自由を脅かすナチズムや全体主義の分析に力を尽くした。また、政治を、言論を通して自由な活動を表現する場ととらえ、公共空間を考えるうえで重要な研究を残した。著書に『イェルサレムのアイヒマン――悪の陳腐さについての報告』『暗い時代の人々』『全体主義の起源』『人間の条件』など。

自分のなかのシニシズムを殺す

ほとんど遺書のようにまだいいたいことがあります。

われわれは、勝手にだれからか、あるいは自分で、領域設定をされてしまっている。これ以上は立ち入るな、これ以上先は考えてはならない、語ってもならない、想像はここまで、その先はまかりならぬ――という境界線を方々につくられてしまっている。みずから境界線をひいている。大学のキャンパス、新聞社、放送局、病院、議場……みんなネームタグみたいなＩＤカードを恥ずかしげもなく、むしろ得意そうに首からぶら下げている。写真つきのＩＤカード。

〝不審者〟と区別するためのＩＤ。それを喜んでやるようになった。そういう悪しきサンクチュアリをあらゆるところにつくって、公共空間もアジール(asyl)*も、外部にも内面的にもなくしていく。そして、一方的に設定された領域で、われわれそれぞれの「個体知」により世界を自由に想像し気づかうのではなく、「メディア知」のみを絶えず食わされて、権力と市場と資本に都合のよいテーマだけを日々、投げあたえられ、もっぱらその枠内で発想し、喜び悲しみ反発するよう導かれている。もうそろそろ、それを拒んでもいいのではないか。まず、せめて自分の内面の境界線をなくすこと。境界線をあえて踏みこえていくこと。テーマをやつらから投げあたえられるのではなく、われわれみずからが、「個体知」にこすりつけながらいまもっとも考えるべき主題を設けること。資本とマスメディアに奪われ貶《おとし》められた言葉のひとつひとつを奪い返し、時間をかけて再生すること。それこそが、われわれがいまもっているボロボロになってしまった憲法を、それでもなんとか諦《あきら》めずに生かしてみるよすがになるのではないかと思うのです。

こんないたって大真面目な話をしていると、臭い息をして、腐った眼つきをした男たちがヘヘンと笑う。なんだかがんばってるね、でも意味ないよ、と。冷笑、シニシズムです。そして嬉笑《きしょう》、つくり笑い。あるいは嗤笑《ししょう》、あざけり。これを殺す必要がある。「殺す」というのは穏やかではないけれども、これは私のなかにもあります。自分のなかの境界線を消し、冷笑、嗤笑、嬉笑、あざけりというものを殺そう。そして、必死で考えようとする人間、それがだれであろうが、殺人犯だろうが、もはや「形骸《けいがい》」ときめつけられたような魂でも、その声、聞こえないつぶやきに耳を傾けたい。もう居心地のよいサロンでお上品に護憲を語りあう時代はとっくに終わっている。一線を越えなければいけない。改憲反対をいうこと自体はたいしたことではない。ただ、たいしたことなのは、そのために指の先から一滴でも血を流す気があるかどうか、そのことではないでしょうか。いままで口先でいっていただけのことに、一切の冷笑を殺し、万分の一でも実存をかけること――たぶん、だれより手に負えない冷笑家である私はいま、そう考えております。

アジール（asyl）――「不可侵の場」を意味するギリシア語を語源とする。統治権力の手が及ばない避難所＝アジールは西欧でも日本でも古来みられた。現代においてアジールの精神は、生きることに困難を抱えたホームレスや難民、移民を受け入れ歓待するという、人間が互いの基本的な生存権を支え合う機能に生かされるべきであろう。

いまにまつらい生きる恥の深み

きょう、なんとかして私は、自分が倒れた二〇〇四年三月十四日と、この二〇〇六年四月二十七日を、自分なりにつなげたいと思いました。おかげさまで時系列の整理はある程度できたようです。私は脳出血になりガンになったからといって、いまさら宗旨がえをする気などありません。賢くないことを何度も懲《こ》りずにやると思います。躰《からだ》はもうこんなになりましたから、私にできることは肉体的にはごくかぎられている。かぎられてはいるけれども、また、病んではいるけれども、憲法の問題にしても、表現のどこかには多少、躰をかけざるをえないと覚悟しています。躰の右側がうまく動いてくれませんが、私はデモにも行く気でいます。まちがいなく憲法は改悪されることでしょう。でも、私はどこまでも反対します。この国の全員が改憲賛成でも私は絶対に反対です。世の中のため、ではありません。よくいわれる平和のためでもありません。他者のためではありえません。「のちの時代のひとびと」のためでも、よくよく考えれば、ありません。つきるところ、自分自身のためなのです。この国に生きる自分自身の、根底の恥のためです。いまここに在る恥のためです。恥辱はどのみち晴れるものではありません。でも、私はただいまにまつらい、逆らわず生きることの恥の深みを考えながら、なにごとか書きつづけます。あとどのぐらい生きるかわかりませんが、いさぎよく死ぬよりも、不様に生きることのほうが私には収まりがいいだろうなという気がします。そして自分が「形骸」のようになったときに、果たして内奥の眼はなにを視るのかを書いてやろうと思っているのです。ですから、多少しんどいけれども、大きな不満はありません。元気だった躰をかえしてくれ、なんていまさら考えていません。どうせ、無理な話だし、このままで、まあ、いいのです。この躰のまま考えつづけるつもりです。そのほうがいいのです。

（注）本稿は二〇〇六年四月二十七日夜、毎日新聞東京本社地下「毎日ホール」で行われた辺見庸講演会「憲法改悪にどこまでも反対する」を改題し、講演草稿を大幅に修正、補充したものです。

あとがき

たとえば、発光する糸ミミズの群れが、躰内《たいない》奥深くの闇の湿地でさわさわといつまでも顫動《せんどう》しつづけ、紅《あか》くほのかな明滅をくりかえしているような感覚――それがどうやら恥の記憶に由来するらしいことは、相当以前からうっすら知ってはいたのだ。躰内の襞《ひだ》の深みに潜ったそれほど他者の眼にはもちろん視えず、自分の感官でさえとらえきれないことがしばしばである。比するに、あからさまな赤面を生じさせるようなものは、恥ともいえない修正可能な錯誤のせいであることが多く、ことあらためていうほどのこともない。私がずっと書いてみたいと思っていたのは、前者の恥――視えない恥、幽《かす》かな恥の記憶についで、であった。あるいは、それと視えないのをいいことに、最初からなかったことにしてしまう品性の在処《ありか》とそれでもなお失《う》せない恥辱の痕跡《こんせき》について、であった。さらにいえば、もろともに忘却の白昼にいすわり、逆に、他者の昏《くら》い記憶をあざ笑う「いま」という時のあられもなさ、底なしの虚《むな》しさ、そして、すき間もないほどに増殖した濾過《ろか》性病原体＝無恥について、なにかしたためてみたかったのである。

右のことどもは、正直にいえば、〈いつか機会があったら〉というていどの、いわば気まぐれな願望にすぎなかった。このたび病をえたら、しかし、気まぐれな執筆もテーマのほしいままの選択ももはや許されないという気分になり、〈いつか〉を〈いますぐ〉に前倒ししなければならない、という衝迫にかられたのである。なぜかはわからない。ただ、恥につきとつおいつ思案しながら、いまさら心づいたことはある。すなわち、恥を書くことは他者の暗部を描くよりも、より深くみずからをあなぐることとなのだということ。いくら私が隠しても衒《てら》っても、語り口のはしばしにすべてが滲《にじ》み表れること。ほら、ここまで書いて、私の語り口はもうなにやらいかがわしい！　能弁はこの際、はなはだ怪しいこと。訥言《とつげん》はいっそ安心できるけれども、訥言を装った性根の腐った能弁だって大いにありえること。とりわけ、資本がほとんどの言葉を食いあらし、言葉とは資本の領地のお飾りどころか、言葉がそのまま資本と化する、この貧しい時代にあっては。

そのような時代にあっては、いささかも意識することも意思することもなく、私もまた忌まわしい大罪の形成者になりえるだろう。害意なき加害者の一人に。人としての恥辱の極致がここにある。そうした恥の胚胎《はいたい》は、たぶん、なにげない日々のルーティン（routine）にはじまるのではないだろうか。そのとき、私は発光する糸ミミズたちの顫動のような恥を、いまの病よりもっと痛く躰の奥に感じることができるのだろうか。

二〇〇六年七月

辺見　庸

解説

五所純子

真夜中の電車のなかにいた。窒息しそうな混雑でもなければ、脚を伸ばせるほど閑散ともしていない。適度というのがふさわしい程度に、都市部にしてはややのんびりとした距離感で、人びとの姿が立ち並んでいた。あたしは「灼熱の広場にて」のページをめくり、灰色の女たちが怒ったような顔つきで、黙々と屍体《したい》を運ぶくだりに目を落としていたときだ。

「急停車します。おつかまりください」。それはどこか遠くで鳴っているような、ひどく滑らかで無機質な女声のアナウンスだった。緊急事態を知らせていながら、その理解に決定的なタイムラグを生むような、間延びした声だった。つづいてアナウンスをなぞるように、ブレーキが踏まれた。しかし急停車とは名ばかりで、波紋を立てないボートのように、眠気を誘われるほど悠々と乗客たちの体躯《たいく》は傾《かし》いだ。

あたしたちは心得ていた。急停車の意味するところ。人生を終わらせようとした誰かが、時速数十キロで走行する金属の塊に身を投げたということ。おそらく一瞬で、その呼吸は止まり、内臓は破れ、四肢は断たれ、血管は切り裂け、瞳孔《どうこう》は固まったということ。それは都市の黙契で、わざわざそれを騒ぎ立てる者はいない。口に出して語れば、不粋であると顰蹙《ひんしゅく》を買ったことだろう。

高架線上で宙づりになった人間たち。空白のような夜に浮かんでいた。あたしたちの乗り物がいま、人を殺したというのに。吐き気すらもよおさなかった。鳥肌がたつことも、血圧があがることも、溜息《ためいき》が漏れることも、涙が流されることも、会話が交わされることもなかった。目を大きく見開いたまま閉じることが、あたしたちの得意技だった。反応することを忘れたまま、先の見えない沈黙のときがひたすらに続いた。

やがて駅の構内に電車はおさまり、乗客たちはホームに吐き出された。体力の残った者だけが先頭車輌《しゃりょう》めがけて歩をすすめる。その先には、まるで魚拓のように、フロントガラスに人形の亀裂を残していた人。その描線も、ほんの三十分もすると跡形もなく掻《か》き消えた。かわって息を吹き返すように、誰かが口を開いた。「樹海で死ねよ」。——目を見開いて閉じたまま、屍体を跨《また》いで日常が進行していく。あたしたちは人に死なせてやることすら許せないらしい。

フラッシュバックのように、読んだばかりの光景が点滅した。辺見庸が病のまどろみのなかで往還した、灼熱の夢現《ゆめうつつ》。四半世紀以上前のタイ・カンボジア国境付近。薄暗いテントのなか、灰色の女たちが「腐れゆく屍体の屈曲した手脚をまっすぐにのばしてやったり、あおむいた胸に手を組ませてやったり、消毒薬を撒布したりしている」。それらの「人間動作」のことを、辺見はこう名指している。《疑りをさしはさむ余地のない生者としての「所作の基本性」》。それは職業や宗教に由来するものではなく、すべての人間が普遍的に問われるものだ。なにしろ辺見は、この基本性の不足を、写真を撮り、状況を評し、記事を書き、死者たちを遠巻きから採録することをやめない、ジャーナリストとして動く自身に対してこそ、もっとも厳密に突きつけている。「屍臭を逃れるぶんだけ濃い恥のにおいが漂う」。

恥とは、目を大きく見開いて閉じることだ。安全な日常に奪われた痕跡《こんせき》を忘れきることだ。喪失されゆくものの息吹に触れないことだ。自らが立つ罪に震えをきたさないことだ。

震え、嘔吐《おうと》、目眩《めまい》、眠気、皮膚の温度、濃密な匂い……。「所作の基本性」は、ごくあたりまえの生理的反応を根底にもつ。いや、生理的反応が消滅されたところに「所作の基本性」は生まれえない。それが辺見庸という感覚器官における倫理であり、その感官に触知されるからこそ、世界は官能性をおびて表出されるのである。

『いまここに在ることの恥』で吐露されているとおり、辺見は病の経験をとおして、人びとを鼓舞し煽動《せんどう》する口調から、おのずと去っていった。以降、辺見庸の文章は、清冽《せいれつ》ななかに激烈さをしのばせた火薬のような社会批判として、あるいは、肉体的に光景が描出される凄艶《せいえん》なエッセイ／小説として、読む者の虹彩に世界を乱反射させてきた。きわめて死に接近した地点から、どこか物憂げに生が照らし出される。まさしく生の真《ま》っ只中《ただなか》から、まざまざと鮮烈に死が陰影を濃くする。

思わず頭上を仰いだ。辺見が「クダウ」と幻聴した鳴き声の、死苦の音をもつあの鳥が、屍体のそばで狼狽《ろうばい》することすら忘れたあたしたちが屍肉に変わる瞬間を、いまかいまかと狙っているかもしれない。そんな気がしたからだ。しかし、不吉な鳥の姿はどこにもなかった。きっと不味《まず》くて食えやしないのだ。野蛮からも見離される死。あの鳥はもはや、あたしたちに人間の臭いを嗅《か》ぎつけていない。

天空にますます増える一方の、黒い影たちはなにを求めて旋回しているのだろう。あの鳥たちの瞳《ひとみ》に、果たして人間の姿は映っているのだろうか。死の兆候に見おろされ、内側から震えはじめる恥の感覚。

本書は、二〇〇六年七月、毎日新聞社から単行本として刊行されました。

いまここに在《あ》ることの恥《はじ》

辺見《へんみ》 庸《よう》

平成22年 4月25日 初版発行
令和6年 5月30日 8版発行

発行者●山下直久

発行●株式会社KADOKAWA
〒102-8177 東京都千代田区富士見2-13-3
電話 0570-002-301(ナビダイヤル)

角川文庫 16237

印刷所●株式会社KADOKAWA
製本所●株式会社KADOKAWA

表紙画●和田三造

◎本書の無断複製（コピー、スキャン、デジタル化等）並びに無断複製物の譲渡および配信は、著作権法上での例外を除き禁じられています。また、本書を代行業者等の第三者に依頼して複製する行為は、たとえ個人や家庭内での利用であっても一切認められておりません。
◎定価はカバーに表示してあります。

●お問い合わせ
https://www.kadokawa.co.jp/（「お問い合わせ」へお進みください）
※内容によっては、お答えできない場合があります。
※サポートは日本国内のみとさせていただきます。
※Japanese text only

©Yō Hemmi 2006 Printed in Japan
ISBN978-4-04-341711-7 C0195